AF188938

Catherine May

IM KLEINEN SCHWARZEN
Teil 4

Erotische Erzählung

Crossdresser-Erzählungen
Band 6

Bibliographische Information der Deutschen Nationalbibliothek:
Die Deutsche Nationalbibliothek verzeichnet diese Publikation
in der Deutschen Nationalbibliografie. Detaillierte bibliografische
Daten sind im Internet unter http://dnb.dnb.de abrufbar.

Herstellung und Verlag:
BoD – Books on Demand, Norderstedt

ISBN: 978-3-7448-5187-9

Edith

Der Anruf kam schon am Samstag-Nachmittag. Paul und Edith wollten nicht erst am Sonntag, sondern bereits an diesem Samstag ins Kino gehen und brachten ihren Wunsch, dass Eva und Marie mitgehen sollten, so dringlich vor, dass es praktisch keine Möglichkeit gab, diesem Wunsch nicht zu entsprechen. Zumal Eva darin eine Chance sah, Paul ‚noch fester an den Angelhaken' zu bekommen, wie sie sich entschlossen ausdrückte. Beate war herzlich eingeladen, ebenfalls mitzugehen, und sie nahm die Einladung an, weil sie unbedingt den ominösen Paul, Evas wichtigen Großkunden und Maries neuen Chef, kennenlernen wollte.

An den Film hatte Marie später kaum eine Erinnerung. Viel intensiver erinnerte sie sich an das Gespräch, das sie anschließend in der schummrigen Bar mit Edith geführt hatte, während Eva und Beate sich schon fast auffällig aufmerksam um Paul bemühten. Die drei hatten die Bar irgendwann verlassen, um vor der Tür eine Zigarette zu rauchen, da war Edith auf ihrem hohen Barhocker nahe an Marie herangerückt, hatte ihr eine Hand auf den Oberschenkel gelegt – der mit der glänzenden Nylon-Strumpfhose geradezu dazu einlud, zumal Marie die Beine übereinandergeschlagen hatte –, hatte ihr tief in die Augen gesehen und ganz direkt gefragt:

„Was ist mit dir, Marie? Fühlst du dich nicht wohl?"

Es war schon lange her gewesen, dass Marie mitfühlende Worte gehört hatte, und sofort hatte sie gefühlt, wie Tränen in ihre Augen geschossen waren. Sie hatte sich ein wenig geniert für diese ‚Schwäche', die, wie sie hoffte, unbemerkt blieb, aber sie hatte nichts sagen können.

„Geht es dir nicht gut? Du bist die ganze Zeit über so still, und *wenn* du etwas sagst, dann nur leise, als wolltest du niemandes Unmut riskieren."

Marie hatte gespürt, wie die Haut an ihrem Kinn zu zucken begonnen hatte, wie sich ihre Lippen krampfhaft verziehen wollten. Aber sie hatte dem nicht nachgeben wollen. Klar, dass sie still war, schoss es ihr durch den Kopf, bei dem, was in den vergangenen Tagen geschehen war, vor allem seit Beate – sie sah sie durchs Fenster dicht neben Eva stehen und kokett ihre Zigarette in die Luft halten – so überraschend aufgetaucht war. Sie hatte sie – ihn! – in seinem eigenen Haus in einen Dienstboten im Zofenoutfit verwandelt! Und die Dienste, die dieses Dienstmädchen zu leisten hatte, gingen weit über Hausarbeit hinaus! Wenn Edith gewusst hätte, was Marie alles unter ihrem Rock trug, hätte sie nichts zu erklären brauchen. Denn selbstverständlich hingen *beide* Schlüssel wieder um Evas Hals.

Edith hatte die Hand von Maries Oberschenkel genommen, sich leicht zurückgelehnt und sie aufmerksam angesehen. Dann hatte sie wortlos aus ihrer Handtasche eine Packung Papiertaschentücher hervorgeholt und sie auf die Theke gelegt.

„Selbst wenn ich dich nicht gut kenne, liebe Marie," fuhr sie nach einer Weile fort, in der Marie reglos dagesessen und vor sich hin gestarrt hatte, „spüre ich ganz deutlich, dass dich etwas bedrückt."

Sie hatte ihre Hand wieder auf Maries Oberschenkel gelegt. Marie hatte ihre Wärme gespürt und gefühlt, wie ihre Widerstandskraft schmolz.

Edith hatte sie zu streicheln begonnen.

„Du bist traurig, das sieht man dir an. Um dich herum ist die Traurigkeit geradezu mit Händen zu greifen, da mögen Eva und diese Beate noch so laut lachen und noch so unbeschwert tun."

Sie hatte Marie weiterhin aufmerksam angesehen, doch diese hatte sich noch immer nicht bereit oder in der Lage gefühlt, zu sprechen. Was hätte sie auch sagen sollen. Sie konnte unmöglich so tun, als wenn nichts wäre – alles abstreiten – das würde Edith ihr nicht abnehmen. Aber sie ins Vertrauen ziehen ... sie, Pauls Frau und zudem eine für sie völlig Fremde – sie hatte einfach nicht abschätzen können, ob sie das riskieren durfte, denn sie hatte sich die Konsequenzen nicht vorstellen können.

Als hätte Edith ihre Gedanken und Gefühle gelesen, war sie fortgefahren: „Natürlich kennen wir uns nicht und ich kann verstehen, wenn du mir nichts anvertrauen willst. Aber du wirst mir auch nicht erzählen können, dass es dir gut geht und du nur eine kleine Magenverstimmung hast. Denn auch Paul hat erzählt, du seist zwar hervorragend gewesen, was deine Arbeit anging, aber du habest auch dort die ganze Zeit irgendwie so bedrückt gewirkt, dass du ihm – verzeih' – schon fast leidgetan hättest."

Wieder hatte sie eine Pause gemacht und beobachtet, wie Marie reagierte. Als diese weiterhin beharrlich geschwiegen hatte, hatte sie weitergesprochen, ohne sich davon beirren zu lassen:

„Und als du morgens im Aufzug gestanden habest, hätte es so ausgesehen, als wenn du gleich wieder hättest hinunterfahren wollen. Er habe den Eindruck gehabt, hat er gesagt, als wenn du ... als wenn du habest *flüchten* wollen!"

„Oder", hatte sie nach einer weiteren, kurzen Pause hinzugefügt, „sind das die Hormone? Wir Frauen haben soetwas ja manchmal, nicht wahr? Das wäre natürlich eine Erklärung ..."

„Ich ...", war es plötzlich aus Marie herausgebrochen, doch sie war abrupt wieder verstummt. Edith hatte sie aufmerksam, aber gelassen angesehen.

Marie hatte erneut angesetzt. Diesmal hatte sie sich gezwungen, ruhiger zu sein und einen ganzen Satz zu sagen, wenn auch einen sehr kurzen.

„Ich bin nicht Marie."

Sie hatte in einem Augenblick alle Bedenken über Bord geworfen und beschlossen, dass sie es einfach würde wagen müssen. Schlimmer hatte es kaum werden können, und die Nachbarin hatte einen wirklich mitfühlenden Eindruck auf sie gemacht.

Edith hatte sie weiterhin hochkonzentriert angesehen. In ihrem Gesicht hatte sich gespanntes Interesse gezeigt – aber keine Überraschung. Marie hatte nicht gewusst, wie sie fortfahren sollte. Da hatte Edith leise gesagt: „Ich weiß."

Nun war die Überraschung ganz auf Maries Seite gewesen. Nach einem Augenblick der Sprachlosigkeit hatte sie ebenso leise gefragt: „Du weißt?"

„Natürlich", hatte Edith geantwortet, als wenn es sich um etwas vollkommen Logisches handelte. „Du siehst zwar aus wie eine sehr attraktive, junge Frau, und deine Geschichte, dass du vom Land kommst und dich deshalb mit allem Möglichen nicht auskennst, was für eine Frau eigentlich selbstverständlich sein müsste, ist natürlich rührend und kaschiert das eine oder andere recht gut. Und ich kenne Alex ja auch noch nicht lange genug, um ihn blind und im Dunkeln wiederzuerkennen, aber dass ihr da irgendein spannendes Experiment macht, das" – sie lachte kurz auf – „vielleicht ein wenig über das Übliche, beispielsweise eine bloße Kostümierung hinausgeht, das war mir schon bei unserer ersten Begegnung, also bei der ersten Begegnung mit ‚Marie' klar, Alex."

Das letzte Wort sagte sie betont langsam und sorgfältig.

Während sie redete, war Alex immer mehr Blut in den Kopf geschossen und er wäre, wie das in einer solchen Situation gewöhnlich der Fall ist, am liebsten vor ihren Augen verschwunden. Noch immer hatte Ediths Hand auf seinem makellosen, in zartes Nylon gehüllten Oberschenkel gelegen, der kurz über der Hand unter dem Saum des kurzen, dunkelroten Rocks verschwunden war.

„Du musst dich jetzt nicht schämen, Alex." Die Hand hatte begonnen, ihn sanft zu streicheln. „Oder soll ich weiter ‚Marie' sagen? Wir leben ja nicht mehr im Mittelalter. Ich finde euer Experiment oder Spiel sogar sehr spannend und wüsste gern, worum es dabei eigentlich geht. Denn du bist wirklich wahnsinnig perfekt, wenn ich das einmal so sagen darf. Wenn ich ‚Alex' nicht schon gekannt hätte, hätte ich sicherlich nichts gemerkt, und Paul hat bis heute nichts gemerkt. Er hält dich ganz einfach für eine tolle, etwas schüchterne Frau. Aber was mich wirklich bedrückt, ist die Tatsache, dass du dich offenbar nicht wohlfühlst in dieser Rolle. Es geht dir nicht sehr gut damit, das ist für mich eindeutig. Aber wenn das so ist, also wenn ich das richtig beobachtet habe, stellt sich für mich die Frage, warum du das trotzdem tust. Warum sitzt du hier mit uns im Kleid, geschminkt, in Highheels und vermutlich den passenden Dessous? Und warum trittst du sogar eine Stelle als Sekretärin an?" Als sie dies sagte, hatte Edith Marie – oder Alex – mit großen Augen angesehen, und es war offensichtlich gewesen, dass sie nicht lockerlassen, dass sie auf eine Antwort dringen würde.

Alex hatte einen Blick durch die Fensterscheibe geworfen. Die drei hatten sich gerade eine zweite Zigarette angesteckt, es würde also noch ein paar Minuten dauern, bis sie zurückkämen. Und er hatte deutlich gespürt, dass er nicht mehr konnte. Edith wusste ohnehin alles, dann könnte er ihr auch gleich alles andere erklären – so demütigend es auch sein würde. Immerhin, war es ihm durch den Kopf geschossen, wäre es vielleicht gut, eine Verbündete zu haben, und ihr Grund für die Nachfragen war ihm wie echtes Mitgefühl erschienen.

„Eva …" Er hatte nicht weiterreden können. Bei dem Satz, der ihm vorgeschwebt hatte, war die Erinnerung an all die Demütigungen der vergangenen Woche und speziell der vergangenen zwei Tage plötzlich über ihn hereingebrochen und er hatte wieder mit den Tränen kämpfen müssen, denn inzwischen war er ganz offensichtlich verletzlicher als noch vor einer Woche. Jedenfalls hatte es sich so angefühlt.

Edith hatte ihn weiter aufmerksam angesehen. Plötzlich nahm sie wieder die Initiative in die Hand genommen.

„Sie zwingt dich?"

Alex hatte nur nicken können.

„Du machst das gar nicht freiwillig?"

Alex hatte mit dem Kopf geschüttelt, eine Träne hatte sich gelöst und war ihm über die Wange gelaufen. Edith hatte ein Papiertaschentuch genommen und sie vorsichtig abgewischt, ohne das kunstvoll aufgetragene Makeup zu verschmieren.

Dann hatte sie ihm Zeit gelassen, bis sie weiter fragte: „Wie ist es dazu gekommen? Ich meine, du bist mir eigentlich wie ein Mann vorgekommen, der in der Lage ist, seine eigenen Entscheidungen zu fällen. Lag ich da falsch?"

Ihre fast zärtliche Geste, wie sie ihm die Träne abgewischt hatte, aber mehr noch ihr sachlicher Ton hatte ihm gutgetan. Langsam hatte er sich wieder so weit beruhigt, dass er sprechen konnte. Da hatte er zu erzählen begonnen:

„Manchmal manövriert man sich unbedacht in komische Situationen hinein, vor allem in der Ehe oder in der Beziehung. Man sagt ein falsches Wort und wird dann vom Anderen in einer Weise festgenagelt, dass man, um da wieder herauszukommen, noch komischere Sachen macht. Der Mann macht dann zum Beispiel irgendwelche Zugeständnisse, nur damit die Situation entschärft wird und die Sache *für den Augenblick* wieder ins Lot kommt. Das ist natürlich kurzsichtig, aber er hofft ganz einfach darauf, dass er später und in Ruhe alles wieder wird richten können – wenn nur die Frau wieder ‚herunter kommt' und vernünftig mit ihr zu sprechen ist."

„Und das war bei euch so? Aber was kann das für eine Situation gewesen sein, in der du *solche*" – sie hatte auf Alex' Brust gewiesen, vor der sich deutlich der wohlproportionierte, eher große als kleine Busen abgezeichnet hatte – „Zugeständnisse machst. Wenn es denn ein reines Zugeständnis ist?" Die letzten Worte hatten offen gelassen, ob sie ihm wirklich Alles glaubte, was er ihr erzählte. Unmerklich schien sie sich vorzubehalten, sich ihre eigene Meinung zu bilden.

Alex hatte erneut gezögert. Aber langsam war er etwas sicherer geworden. Er hatte gespürt, dass ihm Ediths Interesse guttat. Und es war ihm wie wirkliches Interesse erschienen, das sie zu ihren Fragen bewegte.

„Ich weiß gar nicht genau, wie es dazu gekommen war, aber ich hatte aus einer Laune heraus ein wenig Evas Unterwäsche angesehen, die ich schon immer bewundert hatte, und wollte einmal spüren, wie sich diese Stoffe auf der Haut, auf *meiner* Haut, anfühlen. Als Mann kennt man soetwas ja nicht. Unsere Unterwäsche erfüllt ihren Zweck, sie soll passen, man soll sie möglichst nicht spüren, *basta*. Aber Evas Unterwäsche, ihre Dessous, sind wunderschön und so fühlen sie sich auch an. Und da wollte ich sie ganz einfach auch einmal auf der Haut spüren. Ganz heimlich und ohne mir dabei etwas zu denken. Ich meine, ich bin nicht schwul und ich wollte auch nicht als Transe durch die Gegend laufen. Einfach nur mal … Also habe ich sie angezogen."

„Was?"

„Wie meinst du?"

„Was hast du angezogen?"

„Ich weiß nicht mehr … etwas aus champagnerfarbener Seide, mit Spitzen." Wieder hatte er sich geniert, aber jetzt hatte er weiterreden wollen. „Einen Slip, ein Unterkleid …"

„Keinen BH?"

„Doch, auch einen … sie hat alles passend zueinander."

„Und Nylons?"

„Ich wollte sie gerade …"

„… und dabei hat sie dich erwischt?"

Alex hatte genickt.

„War es dein erstes Mal?"

„Natürlich! Ich habe doch gesagt …"

„Und dann?"

„Na ja, dann waren da erst einmal viele Fragen bei ihr und offenbar die Angst, dass ich schwul sein könnte und unser Leben den Bach hinunter geht. Irgendwann dann, ohne dass ich sagen könnte, wie wir dorthin kamen, stand das ‚Experiment' im Raum, wie es wäre, wenn ich als Frau leben würde. Das war aber eigentlich nicht … ich meine, das kam eigentlich nicht von mir, irgendwie hatte sie mir diese Worte mehr oder weniger in den Mund gelegt. Ich hatte an soetwas überhaupt nie gedacht, ich hatte einfach nur aus Neugier einmal diese Stoffe fühlen wollen. Mehr war da gar nicht gewesen. Aber plötzlich war Eva davon überzeugt, dass ich in Wirklichkeit als Frau leben wollte, und ich habe, als ich nicht mehr weiter wusste, irgendwann sogar ja gesagt, ich meine, sie hatte mich regelrecht dahin getrieben. Das meinte ich mit den Zugeständnissen, aber es war sogar nur der erste Teil der Zugeständnisse. Plötzlich wurde mir klar, dass Eva das ebenfalls gefallen würde, dass sie es spannend fände – und inzwischen habe ich den Eindruck, dass ihr das sogar viel besser gefällt, als wenn ich als Mann mit ihr lebe. *Sehr* viel besser!" Alex sah wieder aus der Fensterscheibe, wo die drei noch immer rauchten und sich offenbar köstlich amüsierten.

„Wie kommst du darauf?"

„Na ja," er hatte sich wieder Edith zugewandt, „sie stürzt sich mit einer Begeisterung da hinein und …"

„Zwingt dich."

Alex hatte wieder bekümmert genickt. „Sie zwingt

mich zu Dingen, die ich eigentlich nicht so gern tun würde."

„Zum Beispiel?"

Er hatte wieder gezögert. *Zu viel* hatte er eigentlich auch nicht verraten wollen. Und wenn ihm schon die Erwähnung eines BHs, den er getragen hatte, peinlich war, dann würden ihm bestimmte andere Dinge noch wesentlich unangenehmer sein.

„Manchmal erscheint mir die Kleidung, die Eva aussucht," hatte er vorsichtig begonnen, „ein wenig … sagen wir: nuttig. Die Absätze *sehr* hoch …"

„Aber du siehst hinreißend damit aus! Mit deinen Beinen kannst du soetwas tragen!"

„Aber ich bin noch immer ein Mann!"

Edith hatte nur genickt und ihn weiter gespannt angesehen. „Und was noch?"

Wieder hatte Alex gezögert.

„Du musst dich überall rasieren? Ich meine, deine Beine sind makellos." Wieder hatte Edith Alex' Oberschenkel gestreichelt. „Die Arme ebenfalls. Und ich nehme an, dass das auch dort so ist, wo man es nicht sehen kann, so lange du vollständig bekleidet bist."

Alex hatte genickt, doch war er ihr beinahe ins Wort gefallen: „Ich muss jetzt die ganze Hausarbeit machen, so dass ich kaum noch zu meiner eigentlichen Arbeit komme."

„Und … was trägst du zur Hausarbeit?" Edith hatte gespannt gelächelt. Dabei war es ihm so vorgekommen, als wenn sie die Antwort längst wüsste.

Alex hatte sie mit großen Augen angesehen. Ahnte sie etwas? Aber wie hatte das sein können?

„Musst du dazu ein Dienstbotenkleid tragen?"

„Wie …"

„Du musst dich nicht schämen, Alex! Das ist ganz normal. Eva will offensichtlich, dass du das Weibliche an dieser Rolle möglichst weit treibst, damit du einen wirklich authentischen Eindruck vom Frausein bekommst."

„Aber ein Dienstbotenkleid und das entsprechende Verhalten sind doch nicht ‚wirklich authentisch' an der weiblichen Rolle!"

„Was meinst du mit dem ‚entsprechenden Verhalten'? Musst du sie bedienen?"

Alex hatte genickt.

„Ständig? Ich meine, immer wenn sie zu Hause ist?"

Er hatte nur noch genickt.

„Sie lässt dich *gar nicht* mehr als gleichwertigen Partner in eurer Beziehung leben?"

Alex hatte sie fast hilfesuchend angesehen.

Erneut hatte Edith über seinen Oberschenkel gestreichelt und ihn dabei mitfühlend angesehen. Dann hatte sie genickt. „Okay, das geht vielleicht ein bisschen weit. Oder sagen wir: das geht über die ‚normale' Frauenrolle hinaus. Aber ich bin sicher, dass das nur eine Phase ist, ein Test, mit dem Eva herausfinden will, wie weit du wirklich zu gehen bereit bist. Das geht sicher vorüber. Und wie gesagt, in diesem Outfit siehst du absolut hinreißend aus!"

Sie hatte ihn aufmerksam von oben bis unten angesehen. „Ich wüsste nicht, was man noch besser machen könnte! Diese Fingernägel" – sie hatte Maries Hände in die ihren genommen und die Fingernägel gemustert – „die Ohrstecker mit den zierlichen Brillanten – absolut hinreißend und so weiblich, wie man es sich nur vorstellen kann. Der Schmuck" – sie hatte auf die zarte Kette geschaut, die Eva Marie kurz vor ihrem Aufbruch umgelegt hatte – „alles das ist zugleich stilvoll und natürlich, wirkt gar nicht aufgesetzt, gar nicht ‚tuntig' oder so. Dass du in Wirklichkeit *keine* Frau bist, darauf kommt bestimmt nicht einer unter tausend Männern."

„Aber Frauen!"

„Frauen finden das spannend! Faszinierend! Interessant! Aber *wenn* sie es merken sollten, dann müssen sie schon einen Blick dafür haben, und den haben sie nur, wenn es ihnen *gefällt*. Viele Frauen möchten ihre Männer einmal gern in dieser Weise verwandeln, wusstest du das nicht? Schließlich werden sie, also die Männer, dabei auch anders … zärtlicher, vorsichtiger, sensibler, einfühlsamer."

Dann hatte sie ihm wieder aufmerksam direkt in die Augen geschaut. „Apropos: wie sieht es mit deinem besten Stück aus?"

Alex war erstarrt.

„Ich meine, zu der Rolle, die Eva dich spielen lässt, gehören eigentlich auch … gewisse Utensilien."

„Gewisse …"

„Du weißt schon, was ich meine. Hat sie ihn eingeschlossen?"

Alex hatte sich nicht gerührt, hatte auch nicht genickt.

„Das geschieht sehr häufig in solchen Situationen, weißt du. In Wirklichkeit sagt das ja auch einiges über Eva. Sie probiert offensichtlich aus, wieviel Macht sie über dich ausüben, wie weit sie gehen kann. Wenn du von ‚Zugeständnissen' sprichst, dann könnte das dazu gehören. Es bereitet ihr sicher ein großes Vergnügen, wenn sie … hat sie nicht einen Schlüssel um den Hals hängen, einen kleinen, geheimnisvollen Schlüssel? Ist er das?"

Der Blick, mit dem sie Alex angesehen hatte, war ihm keineswegs schadenfroh erschienen, wie er es befürchtet hatte, sondern eher mitfühlend, vielleicht sogar ein wenig beeindruckt. Ihre Stimme war leiser geworden, fast hatte sie geflüstert. „Sie führt ihn ständig mit sich herum. Das heißt, du wirst von ihr zur Dauerkeuschheit gezwungen und der Schlüssel baumelt ihr ständig am Hals, für dich zum Greifen nah, für sie eine ständige Erinnerung an ihre Macht über dich! Das ist wirklich … raffiniert; das ist sogar hinterhältig. Ich kann verstehen, wenn dir das zu weit geht."

Sie hatte ihn wieder gestreichelt. Alex hatte sich eingebildet, dass ihre Hand langsam höher rutschte, so als wollte sie sich überzeugen, ob er ihr nicht einen Bären aufband, sondern wirklich der CB 6000 in seinem Höschen steckte.

„Aber vielleicht …" Ihre Hand war unbeweglich liegen geblieben, während sie vor sich hin geblickt und laut gedacht hatte. „Vielleicht kann ich dir helfen."

„Wie stellst du dir das vor?"

Edith hatte versonnen an ihm herabgeblickt. Ihre Augen waren für einen Augenblick auf seinen Brüsten liegen geblieben, dann waren sie weitergewandert. „Du könntest es dir erleichtern, indem du selbst die Situation ein wenig genießt. Ich meine … du kannst dich natürlich ständig bedauern und aufbegehren gegen das, was Eva von dir verlangt. Aber ich habe den Eindruck, dass sie das nur umso mehr reizt. Stimmt das?"

Alex hatte genickt. „Das kann durchaus sein."

„Siehst du. Und du selbst hast auf diese Weise auch keinen Spaß. Aber vielleicht schaffst du es ja, die *schönen* Seiten an dieser Situation zu finden – die es zweifellos auch geben wird, immerhin wolltest du selbst doch diese wunderschönen Stoffe auf deiner Haut spüren, und das kannst du nun! – und je mehr dir das gelingt, desto mehr wirst du auch die Kontrolle wieder selbst übernehmen können."

„Aber ..."

„Du hoffst, dass das eigentlich nicht nötig ist? Du glaubst, dass sich das Problem von selbst lösen wird? Du erwartest, dass Eva zur Vernunft kommen und dich von sich aus aus deiner Zwangslage entlassen wird, und das schon sehr bald?"

Alex hatte wiederum verhalten genickt. „Eigentlich schon."

Edith hatte ihn wieder gestreichelt. „Es tut mir leid, wenn ich diese Illusion untergraben muss, aber für mich sieht das eigentlich nicht danach aus." Sie hatte mit einer Hand nach einem seiner Ohrläppchen gegriffen und den kleinen Ohrstecker vorsichtig so gehalten, dass sie ihn betrachten konnte.

„Wie meinst du das?"

„Eva hat doch ganz offensichtlich Freude an deiner Verwandlung in eine attraktive, zugleich wehrlose Frau gefunden. Und so wie du jetzt schon aussiehst, wird sie euer ‚Experiment' in jedem Fall noch weiter treiben wollen. Jetzt aufzuhören, hieße etwas anzufangen, ohne es zu Ende zu führen. Quasi auf halber Strecke loszulassen. Und, *by the way*" – sie hatte sein Ohrläppchen wieder losgelassen und Alex direkt angesehen – „wer ist denn eigentlich diese Beate?"

„Eine Freundin aus Studientagen."

„Sagt sie?"

Alex hatte genickt.

„Eine Domina?"

„Eine ... wie kommst du darauf?"

„Sie wirkt so. Wie sie sich kleidet, sich gibt. Und wie sie dich ansieht und behandelt – wie ein Werkzeug, dessen sie sich bedienen kann, oder wie eine ‚Sklavin‘, wie sie sich wahrscheinlich ausdrücken würde. Das ist mir sofort aufgefallen. Was macht sie bei euch?"

„Ich … bin mir nicht ganz sicher. Eigentlich wollte sie wohl Eva besuchen."

„Nach langer Zeit wieder einmal?"

„Ehrlich gesagt habe ich sie noch nie gesehen oder von ihr gehört. Bei uns war sie jedenfalls noch nicht und erzählt hat Eva bisher auch nichts von ihr."

„Und sie taucht genau in dem Augenblick auf, in dem Eva dich zwingt, als ihr Dienstmädchen zu leben?"

Wieder hatte Alex bejaht. Edith hatte unglaublich zielbewusst gefragt und schien nun sogar auf ein bestimmtes Ziel zuzusteuern.

„Und hat sie Interesse an dir gezeigt?"

Dazu hatte Alex nichts Genaueres sagen wollen, er hatte nur genickt.

„Lebhaftes?" Edith hatte ihn gespannt angesehen.

Alex hatte genickt.

„Eindeutiges?"

Nicken.

„Da hast du's doch! Wenn du mich fragst, braut sich da etwas zusammen. Und, ich meine: Bist du nicht gerade dabei, einen *Arbeitsvertrag* zu unterschreiben? Da gibt es eine Kündigungsfrist – wie lange? Drei Monate? Sechs Monate? So lange wirst du, wenn du den Vertrag unterschrieben hast, auf jeden Fall noch in dieser Rolle bleiben müssen."

„Es gibt doch eine Probezeit."

„Gibt es die? Hast du den Vertrag genau angesehen?

Hast du ihn durchgelesen, auch das Kleingedruckte?"

Erst da war Alex aufgefallen, dass er in dem wenigen, das er überhaupt gelesen hatte, eine solche Passage tatsächlich nicht gesehen hatte. Er hatte nicht gewusst, ob eine Probezeit verabredet worden war.

„Selbst wenn es so wäre" – Alex hatte sich gesammelt, nach Worten gesucht, es war ihm unglaublich schwergefallen, den Gedanken laut auszusprechen – „bin ich mir nicht sicher, dass ich diese Zeit ... bei Eva verbringen würde."

„Du willst sie verlassen?"

„Eigentlich nicht. Wenn ich es frei entscheiden könnte, dann nicht, nein. Aber ich lasse mir auch nicht *Alles* gefallen." Alex hatten Ediths Fragen, ihr offensichtliches Mitgefühl gutgetan. „Manchmal geht sie eindeutig zu weit, und schließlich *muss* ich das nicht mit mir machen lassen. Was zu viel ist, ist zu viel."

„Und was ist zum Beispiel zu viel?"

„Zu viel Demütigendes. Oder etwas, das nicht rückgängig zu machen wäre."

„Ohrlöcher sind es also nicht?

„Die wachsen mit der Zeit wieder zu."

„Aber das braucht *viel* Zeit."

„Ja, aber da hat sie mich irgendwie ... überrumpelt."

„Was noch?"

„Tattoos zum Beispiel."

„Oder?"

„Irgendwelche Pillen."

„Hormone?"

„Zum Beispiel."

„Eine OP?"

Alex nickte.

„Will sie soetwas?"

„Sie hat mit Beate darüber gesprochen. Sie sagte, sie sei sich noch nicht sicher, aber dass sie überhaupt darüber *nachdenkt*, und darüber dann mit Beate spricht, *nicht aber mit mir* – das geht für mich ganz eindeutig zu weit! Da hat sie eine Grenze überschritten. Und wenn sie mich zu zwingen versucht, solche Pillen zu schlucken, dann erst recht."

Nun war es an Edith gewesen, nachdenklich zu nicken.

„Und wenn du sie verlässt, kehrst du dann in dein Leben als ‚Alex' zurück?"

„Selbstverständlich. Für mich ist dieses Experiment, das ich eigentlich ja gar nicht wollte, dann vorbei."

„Aber ..." Edith suchte offensichtlich nach den richtigen Worten. „Du passt so wundervoll in diese Rolle hinein! Ich meine, du bist eine wirklich schöne Frau! Nicht nur im Gesicht, deine Figur … Und gibt es nicht auch schöne Aspekte an deinem Leben als Frau?"

„Was meinst du?"

„Nun, ich sagte ja schon: Indem du dich ständig auflehnst, verbaust du dir die Möglichkeit, die schönen Aspekte des Experiments zu entdecken. Du siehst zum Beispiel absolut hinreißend aus. Du bist schön! Außerdem bist du sehr gepflegt, stilvoll gekleidet, man merkt, dass alles sehr sorgfältig und geschmackvoll ausgesucht ist. Du musst viel Zeit damit verbringen, wahrscheinlich mit Eva zusammen. Das muss doch auch Spaß machen."

Alex hatte nachgedacht. Er nickte bedächtig. „Da hast du schon recht. Einerseits war ich tatsächlich noch nie so gepflegt, wie ich es im Augenblick bin, und das ist, das gebe ich zu, ein schönes Gefühl. Diese Stoffe, die Seide, das Nylon, die Spitzen, sind wunderschön.

Sie fühlen sich toll an – auch wenn sie für einen Mann natürlich etwas lächerlich sind."

„Und sieh dir mal deine Hände an. Die lackierten Fingernägel, der Schmuck – deine Hände allein sind eine Augenweide."

Alex hatte nachdenklich auf seine Hände hinab geblickt. Tatsächlich hatten sie ihm noch niemals zuvor so gefallen, wie in diesem Augenblick, auch wenn sie nicht wirklich wie *seine* Hände aussahen.

„Und selbst deine Beine!" Nun hatte Edith wieder geflüstert. „Makellos, verführerisch, lang wie die Beine eines Varietègirls. Überhaupt ..." – Edith hatte amüsiert aufgelacht – „ich würde dich wirklich *zu gern* einmal in dem glitzernden Kostüm eines Varietègirls sehen. Dir würde das Publikum zu Füßen liegen, glaub mir, deine Garderobe würde sich im Handumdrehen in ein Blumenmeer verwandeln!" Wieder hatte sie aufgelacht, diesmal aber eher verträumt. „Marie im Varietè – mit Federn auf dem Kopf, glitzerndem Makeup im Gesicht und *endlos* langen Beinen! Wunderbar!"

„Nein, liebe Marie", war sie nach einer Pause fortgefahren, in der sie tief in ihren Gedanken versunken gewesen war, „du solltest versuchen, das Ganze auch ein bisschen zu genießen. Schließlich gibt es viele Aspekte am Frausein, die wirklich schön sind! Und du hast alle Anlagen dazu, glaub mir. Und wenn du nicht weißt, wie du das anstellen sollst, dann lass mich dir helfen! Das würde ich wirklich sehr gern tun! Ich hoffe, dass du mir vertrauen wirst!"

In dem Augenblick hatten Beate, Eva und Paul die Bar wieder betreten. Da hatte sich Edith zu Marie herüber gelehnt und geflüstert: „Und wenn du jemals als Varietègirl auftrittst, versprich mir, dass du es mich wissen lässt!" Und hatte ihr sehr tief in die Augen geblickt und dann kurz aufgelacht.

Zweifellos hatten die drei sich draußen amüsiert. Sie waren in bester Stimmung und Paul bestellte mit der größten Selbstverständlichkeit eine Flasche Champagner – als gäbe es etwas zu feiern, wie es Alex unwillkürlich durch den Kopf geschossen war, aber etwas, von dem er und Marie nichts wussten.

Noch ein neuer Job

Der Tag, der nach dem Kinobesuch in jener Bar enden sollte, hatte bereits verstörend begonnen.

Marie hatte Beate ihren Platz im Ehebett überlassen und stattdessen im Gästezimmer auf dem notdürftig gemachten Gästebett schlafen müssen. Die Nacht war schon fast herum gewesen, als sie endlich mit schmerzenden Füßen und einer Reihe anderer spürbarer Folgen des Tagesgeschehens ins Bett gekommen war, aber sie hatte trotz ihrer Müdigkeit kein Auge zugetan. Die Ereignisse der letzten Stunden und vor allem die Worte, mit denen Beate, diese geheimnisvolle Freundin seiner Frau aus einer offenbar ,heißeren' Vergangenheit, ihr ein neues Leben als Sexspielzeug und Sklavin in diesem Haus angekündigt hatte, waren für sie so schockierend gewesen, dass sie kaum noch gesprochen hatte. Sie hatte kommentarlos alles über sich ergehen lassen und alles getan, was Beate oder Eva von ihr verlangt hatten, einschließlich der Entgegennahme eines Weckers, der ihren Arbeitsbeginn am nächsten Morgen um 6 Uhr signalisieren würde.

Eva und Beate hatten sie alle Kleidungsstücke und Utensilien, die sie dafür brauchen würde, ins Gästezimmer tragen lassen, das auf diese Weise zu soetwas wie einem karg möblierten, unpersönlichen Dienstbotenzimmer geworden war. Und so war sie, als der Wecker an diesem Samstag-Morgen klingelte, von dem schmalen, einfachen Bett aufgestanden, ins spartanisch eingerichtete Gäste-Bad gegangen, hatte geduscht, vor allem, soweit es ging, den Keuschheitsgürtel, den sie nun wieder trug, gesäubert, hatte sich abgetrocknet, sich der Anweisung entsprechend zurückhaltend geschminkt und anschließend jene Wäsche, das Zofenkleid mit der weißen, rüschenbesetzten Schürze und die Schuhe mit den hohen Absätzen angezogen, die von nun an, wie Beate verkündet hatte, ihre „Arbeitskleidung" sein würde – immer dann, wenn sie sich in diesem Haus befand. Denn immer dann hatte sie ihrer neuen Aufgabe nachzugehen; für ihren Job als Sekretärin hatte sie selbstverständlich andere Kleidung.

Sie war hinunter in die Küche gegangen und hatte Kaffee aufgesetzt. Dann hatte sie mit auf den Fliesen laut klackernden Absätzen alles, was noch vom gestrigen Abend stehen geblieben war, aus dem Wohn- und dem Esszimmer zusammengesammelt, die Spülmaschine ausgeräumt und im Esszimmer den Frühstückstisch für zwei gedeckt. Die Kerze hatte sie noch nicht entzündet, denn sie hatte nicht gewusst, wann Eva und Beate aufstehen und zum Frühstück erscheinen würden. Sie hatte Eier und Speck bereitgelegt, Baked beans in einen Topf und Tomaten in eine Pfanne getan und die Gewürze neben dem Herd auf die Arbeitsplatte gestellt. Dann hatte sie den Toaster und das Toastbrot hervorgeholt und auch dieses bereitgestellt. Als alles so weit fertig gewesen war, dass die beiden ohne größere Wartezeit mit dem Frühstück würden beginnen können, hatte sie sich selbst in der Küche an den schmalen Tisch gesetzt und gefrühstückt, immer mit einem Ohr in Richtung Schlafzimmer, obwohl sie sich sicher gewesen war, dass sie nach dieser Nacht noch lange nichts von den beiden hören würde.

Ihr war unwohl gewesen. Eigentlich hätte sie auf die Toilette gemusst, aber das war wegen des mit einem

Harness fixierten Dildos in ihrem Hintern, der sie permanent bedrückt hatte, nicht möglich gewesen. Und der Schlüssel hatte ebenso an Evas Halskette gehangen wie der vom Keuschheitsgürtel und war daher für sie unerreichbar gewesen.

Also hatte sie am Küchentisch gesessen, ihre Toasts mit Marmelade gegessen, eine Tasse Kaffee getrunken – und als es oben weiter ruhig blieb, eine zweite – und überlegt, was sie tun sollte, wenn Eva und Beate noch nicht aufstehen würden.

Sie hatte sich zunehmend unwohler gefühlt. Das Bedürfnis, sich zu erleichtern und sich vom CB 6000 zu befreien, war mit jeder Minute gewachsen. Schließlich hatte sie es nicht mehr ausgehalten. Sie *musste* sich ganz einfach erleichtern. Also war sie vorsichtig die Treppe hinauf gegangen, hatte erst ganz leise an die Tür zum Schlafzimmer geklopft und dieses dann fast unhörbar betreten. Mit den Highheels war sie inzwischen so vertraut, dass dies problemlos gelungen war.

Eva und Beate hatten noch geschlafen – nicht eng umschlungen, wie Marie befürchtet hatte, sondern jede in ihrer Betthälfte, Beate raumgreifend mit ausgebreiteten Armen auf dem Rücken liegend, Eva von ihr abgewandt, auf der Seite, mit dem Gesicht zur Wand.

Marie hatte sich neben das Bett gekniet und versucht, Eva durch Streicheln sanft zu wecken. Doch offenbar war sie bereits wach gewesen. Noch ehe Marie zweimal gestreichelt hatte, hatte sie die Augen aufgeschlagen und Marie angesehen.

„Was …" Offenbar hatte sie lospoltern wollen, doch Marie hatte ihr sanft einen Finger auf die Lippen gelegt und ganz leise „Psssst!" gemacht.

Als sie gesehen hatte, dass Eva schwieg, hatte sie geflüstert: „Ich *muss* ganz dringend!"

„*Was* musst du ganz dringend?"

„Aufs Klo!"

„Und?"

„Das kann ich nur mit dem Schlüssel!"

„Mit welchem – ach ja, richtig …"

Hatte es wirklich sein können, dass Eva diesen Umstand vergessen hatte? Dass sie nicht mehr wusste, dass Beate und sie Marie gestern verschnürt hatten wie ein Postpaket – dass sie die ganze Zeit mit diesem riesigen Dildo im Hintern herumlief und nicht einmal mehr ohne ihre Hilfe aufs Klo gehen konnte? *Konnte das wirklich sein???*

„Du brauchst mir nur den Schlüssel zu geben …"

„Kommt nicht in Frage! Ich komme gleich."

„Es ist sehr dringend …"

„Zwei Minuten wirst du schon noch warten können!"

„Und wie heißt das Zauberwort?", hatte Marie plötzlich von der anderen Seite des Betts gehört. Sie war erschrocken. Dann hatte sie hervorgepresst: „Bitte!"

„Das ist das eine; und wie heißt das andere, das mindestens ebenso wichtige Zauberwort?"

Marie hatte krampfhaft nachgedacht. Ein zweites Zauberwort? Das konnte nur …

„Herrin?"

„Selbstverständlich! Dafür sollte man dich noch eine Stunde zappeln lassen, du unerzogenes, ungehobeltes Weichei! Sei froh, dass wir noch keine Windeln haben! Damit würdest du noch bis zum Mittag aushalten müssen."

„Wollen wir mal nicht so sein." Eva hatte sich erhoben, war aufgestanden und ins Bad voraus gegangen. Dort hatte sie die beiden Schlüssel von ihrer Halskette genommen und die Schlösser geöffnet.

„Geh aufs Klo und dann wasch dich. Gründlich! Das ganze Programm, einschließlich Rasieren, Eincremen und so weiter. Wenn du fertig bist, sag mir Bescheid. Hast du das Frühstück vorbereitet?"

Marie nickte.

„Dann gehen wir inzwischen nach unten und frühstücken."

Marie hatte wieder genickt und schon an dem Harness herumgenestelt.

Da hatte Eva nach ihrer Hand gegriffen. „Und *untersteh* dich, es dir selbst zu machen! Du hast *keine* Erlaubnis dazu! Hast du mich verstanden?"

Marie hatte betroffen genickt. Mist. Dass sie daran gedacht hatte!

„*Unter keinen Umständen!* Denk dran, was Beate gestern Abend gesagt hat! Du wirst erst wieder abspritzen, wenn wir es dir ausdrücklich erlauben. Und wenn du bis dahin brav warst, wird das für dich sogar schön werden – *aber nur dann!* Sollte ich herausfinden, dass du es dir jetzt und hier besorgt hast, wird mir die passende Strafe für dich schon einfallen. Ich habe ja Beate, die mir helfen kann. Und die kennt sich da wirklich aus und hat eine unerschöpfliche Fantasie!"

Marie hatte wieder genickt. Inzwischen war es wirklich dringend gewesen, und aus irgendeinem Grund hatte sie allein sein wollen, wenn sie den vermaledeiten Dildo herauszog. Glücklicherweise hatte Eva ihr den Gefallen getan und war ohne eine weitere Verzögerung zurück ins Schlafzimmer gegangen.

Als sie nach einer guten halben Stunde erleichtert, sauber und gepflegt und mit klackernden Absätzen ins

Erdgeschoss hinunter gekommen war, war es ihr wesentlich wohler. Obwohl sie dem Verbot gefolgt war, fühlte sie sich besser. Sie hatte geduscht, den CB 6000 noch einmal ausgiebig gereinigt und das Schloss schon wieder eingehängt (ohne dem hielt die PVC-Konstruktion des der Keuschheitsgürtels nicht). Nur den Dildo mit dem Harness hatte sie im Bad zurückgelassen in der Hoffnung, dass niemand daran denken würde.

Doch Beate war, als Marie nahe genug gewesen war, einfach mit ihrer Hand unter den kurzen Rock gefahren und hatte nachgefühlt.

„Hab ich's mir doch gedacht. Das Weichei will uns austricksen! Hast du im Ernst gedacht, dass wir das nicht merken? Ab nach oben, hol den Harness und dann wirst du ihn hier unten, vor unseren Augen anlegen. Marsch, marsch!"

Und Marie hatte gehorcht.

Als der Dildo unter Verwendung einer gehörigen Portion Gleitgel wieder da gesessen hatte, wo Beate ihn haben wollte, hatte diese zufrieden gegrinst. Sie hatte sich an Eva gewandt, aber eine Hand weiter am Ende des Dildos liegen gelassen.

„Hast du eigentlich schon gesehen, dass das kein einfacher Dildo ist?"

„Wieso? Nein."

„Es ist ein Dildo mit Vibratorfunktion!"

Damit hatte sie das Endstück des Dildos gedreht und ein summendes Geräusch hatte überdeutlich angezeigt, dass der Vibrator in Fahrt gekommen war.

Marie hätte fast einen Satz nach vorn gemacht, so sehr war sie erschrocken. Plötzlich war ihr ganzer Unterleib in Unruhe. Der Bienenschwarm von gestern war nichts dagegen gewesen, nun war es ein ganzes Volk von Termiten, das ihren Unterleib durchschwirrt und dabei das Gefühl vermittelt hatte, als würde sich dieser auflösen. Es hatte überall gekribbelt, und dieses Kribbeln hatte sich bis in die Beine und den Oberkörper übertragen. Und selbstverständlich auch auf den Schlot für die Produktion von Magma, und dieser hatte nach wenigen Augenblicken unaufhaltsam seine Tätigkeit begonnen und Marie hatte nicht mehr unterscheiden können, ob sie noch einen Keuschheitsgürtel trug oder nicht, so sehr hatte sich ihre Erregung gesteigert. Instinktiv hatte sie sich in den Schritt fassen wollen, doch gerade noch rechtzeitig hatte sie gemerkt, dass Beate darauf offenbar nur gewartet hatte; wahrscheinlich hätte sie ihr die Hand einfach weggeschlagen und sich an dem Anblick geweidet.

Plötzlich aber hatte sie gemeint, kurz davor zu sein, zu kommen. Aber das hatte nicht sein können, denn die Schwellkörper konnten sich ja nicht versteifen. Und doch war da das Gefühl gewesen, also ob. Ein Gefühl wie ein Phantomschmerz, wenn jemandem ein Körperteil wehtut, das ihm zuvor amputiert worden ist. Die Erregung war da gewesen und sie hatte sich beständig gesteigert, das hatte Marie ganz deutlich gespürt, auch wenn sie gewusst hatte, dass das eigentlich nicht sein konnte.

Beate hatte lächelnd noch einmal am Dildo-Ende gedreht und Geräusch und Termitenschwirren waren in zwei aufeinanderfolgenden Stufen noch intensiver geworden. Marie hatte gefürchtet, dass das Gefühl ihre Muskeln im Unterleib so sehr verwirrte, dass sie sich entspannen und sie sich ins Höschen machen würde. Denn Entspannung war es gewesen, was sich in ihrem

Unterleib breitgemacht hatte, oder Erregung in ihrer wohligsten, unkontrolliertesten Form. Alles vorher Erfahrene hatte sich noch einmal verstärkt und nun war sie wirklich nahe daran gewesen, zu kommen, auch wenn der Schlot sich definitiv nicht hatte stabilisieren können.

Hätte sie es sagen sollen? Sicherlich wäre Beate sauer, wenn Marie käme, ohne dass sie es ihr ausdrücklich erlaubt hatte. Glücklicherweise war der Erregungsstau gestern Abend ein wenig abgeklungen, aber er war zweifellos schon wieder da, wenigstens ein kleiner, und der schwirrende Vibrator im Verein mit all den anderen Reizen, denen Marie ständig ausgesetzt war, taten unaufhaltsam ihre Wirkung – die Beate hätte voraussehen müssen.

So hatte sie einfach die Augen geschlossen und auf diese Weise noch intensiver gespürt, wie sich die Moleküle, aus denen ihr Unterleib bestand, zitternd voneinander getrennt und wie im luftleeren Raum frei durcheinander gewirbelt waren. Und sie war sich klar darüber gewesen, dass die Natur ihres Körpers dabei war, einen Weg für die Eruption zu finden, auch ohne dass die Schwellkörper sich füllten und versteiften. Wie hatte Malcolm gesagt: „Das Leben findet einen Weg!" Marie hatte den Eindruck gehabt, dass sie gerade Zeugin eben dieses faszinierenden und in ihrem besonderen Fall befriedigenden Vorgangs wurde. Soeben war das Leben dabei, sich einen Weg durch ihren Unterleib hindurch zu suchen und sie schien auf dem richtigen Weg zu sein.

Daher hatte sie beschlossen, es nicht zu sagen. Wenn ‚das Leben‘ wirklich den Weg fände, vorbei an den Hindernissen, die Eva und Beate ihm in den Weg gelegt hatten, dann wäre sie, Marie, die letzte, die es hindern würde. Immerhin mussten seine beiden ,Herrinnen' damit rechnen, wenn sie ihr einen Vibrator in den Hintern steckten und ihn voll aufdrehten.

So hatte Marie mit geschlossenen Augen dagestanden und gespürt, wie ,das Magma des Lebens' an die Oberfläche strebte, wie es sich durch den gekrümmten und verengten Schlot des Vulkans zwängte und dabei immer mehr an Kraft gewann. ,Das Leben', so hatte es Dr. Malcolm auch gesagt, lässt sich nicht einsperren, es bahnt sich seinen Weg, erobert neue Territorien, es überwindet sämtliche Barrieren, ob schmerzlich oder gefährlich – „aber … so ist es." Und genau so schien es soeben zu geschehen.

Da hatte sie plötzlich gespürt, wie Beates Hand wieder unter ihren Rock fuhr und hastig nach dem Verschluss des Dildos suchte. Marie hatte sich kaum merklich von ihr weg gedreht, so dass Beate fieberhaft hatte weitersuchen müssen, ohne den Verschluss jedoch rechtzeitig greifen zu können – denn da war sie auch schon gekommen. Maries Unterleib hatte gezittert und gezuckt, sie hatte gestöhnt und sich kaum auf den Beinen halten können. Die Knie waren plötzlich so weich wie Gallert gewesen. Zugleich hatte sie aber auch das Gefühl gehabt, dass die Eruption, die seltsamerweise ganz im Innern ihres Unterleibs stattzufinden schien, gehemmt war. Sie war kurz und intensiv gewesen, aber obwohl es ganz zweifellos einen gewissen Samenerguss gegeben hatte, war Marie im Endeffekt unbefriedigt geblieben. Offenbar hatte sich ,das Leben' mehr auf die bloße Überwindung der Hindernisse konzentriert als auf die Tatsache, dass der Vorgang auch *Genuss* bereiten könnte. Dieser jedenfalls war letztendlich auf der Strecke geblieben, als wenn er unterbrochen worden wäre, eine *eruptio interrupta* sozusagen statt einer *eruptio perfecta*.

Zugleich aber war da die seltsame Freude darüber, Beate einen gelungenen Streich gespielt zu haben …

In diesem Augenblick war der Vibrator verstummt.

Als Marie unter Anstrengung die Augen geöffnet hatte, hatte sie in das wutentbrannte Gesicht von Beate geschaut, die sich gerade von ihrem Stuhl erhoben hatte, um ihr eine schallende Ohrfeige zu geben.

„Hatten wir dir erlaubt, abzuspritzen?", hatte Beate sie angeschrien und ihr eine weitere, harte Ohrfeige versetzt, diesmal auf die andere Wange. Sofort hatten beide Wangen zu glühen begonnen, aber Marie war noch keineswegs reumütig gewesen oder in Tränen ausgebrochen, und so hatte Beate noch einmal zugeschlagen, einmal rechts, einmal links.

„Ich …" In Marie hatte sich die heimliche Freude mit der angestauten Frustration vermischt und sich Widerstand geregt – fast schien es, als sei eine Grenze überschritten worden und als hätte Alex endlich wieder zu sich selbst gefunden.

Doch Beate hatte weiter geohrfeigt. Und sie hatte so auf sie eingeschrien, dass deutlich zu sehen gewesen war, wie sehr sie sich über diesen Kontrollverlust geärgert hatte. Sie hatte geschrien und geschlagen, bis Eva ebenfalls aufgestanden war und Beate zurückgehalten hatte.

„Es reicht", hatte sie gesagt, „sie hat genug!"

Tatsächlich war der aufkeimende Widerstandswille in Marie durch Beates Gewaltausbruch bereits wieder gebrochen. Marie hatte inzwischen die Hände vor's Gesicht geschlagen und einfach nur noch darauf gehofft, dass es aufhörte. Als keine weiteren Schläge gefolgt waren, hatte sie langsam die Hände sinken lassen und Beate angestarrt.

Eva hatte Beate auf ihren Stuhl geschoben und sich vor Marie aufgestellt. „Das war niederträchtig von dir. Das hätte ich nicht gedacht."

„Aber ..."

„Halt den Mund! Du hast die Situation schamlos ausgenutzt und deinen Spaß gehabt, ohne dass wir es dir erlaubt hätten. Das wird bestraft werden müssen, das wirst du einsehen. Beate und ich werden uns darüber beraten. Vorerst wirst du dein Höschen ausziehen und von nun kein Höschen mehr tragen, bis wir es dir wieder erlauben. Und mach dich gefälligst sauber – du stinkst wie ein Iltis!"

Damit hatte sie sich angeekelt abgewandt und sich wieder an den Frühstückstisch gesetzt. Marie hatte sich umgedreht, war ins Bad gegangen und hatte sich langsam und sorgfältig gesäubert. Dann hatte sie das Höschen im Waschbecken ausgewaschen, ihren kurzen Rock so zurecht gezogen, dass man nicht sehen konnte, dass sie kein Höschen trug, und war wieder hinunter in die Küche gegangen.

Und so war der Samstag auch weiter verlaufen. Beate schien immer weniger Hemmungen zu haben, Marie wie ein ungehorsames Kind oder wie ein schlecht funktionierendes Werkzeug zu behandeln, und Marie hatte sich irgendwann darüber gewundert, wie ungeniert und schamlos sich ein erwachsener Mensch gegenüber einem anderen, erwachsenen Menschen verhalten konnte.

Mittags waren Eva und Beate aufgebrochen, um in

der Stadt Shoppen zu gehen. Sie hatten Marie eine lange Liste von Aufgaben hinterlassen, die sie hatte erledigen sollen. Neben dem Hausputz hatte dies auch den Wocheneinkauf an Lebensmitteln betroffen. Dafür hatte Eva Kleidung für Marie herausgelegt, die sie zu diesem Zweck hatte anziehen müssen. Allerdings war diese so aufreizend gewesen, dass Marie sich wunderte, dass sie nicht auch noch Overknee-Stiefel hatte tragen sollen.

„Das passt zu dir", hatte Beate gesagt, als sie sie in diesem Outfit gesehen hatte, kurz bevor sie in die Stadt aufgebrochen waren. „Du scheinst ja doch nur *das Eine* im Kopf zu haben, und so ist es auch für alle anderen sichtbar."

Marie hatte einen extrem kurzen, roten Lederrock und schwarze Netzstrümpfe getragen, als sie schließlich zum Supermarkt aufgebrochen war. Sie hatte extra einen herausgesucht, der weit von zu Hause entfernt war und in dem sie noch nie zuvor gewesen war. Dazu hatte ihr Eva eine eng sitzende, weiße Bluse gegeben, die so durchsichtig war, dass der Spitzen-BH darunter selbst für das unbedarfte Auge mehr als nur zu erahnen war. Das kurze Kunstleder-Jäckchen hatte immerhin verhindert, dass sich Marie vollständig nackt vorkam. Außerdem hatte Eva das Geld, das Marie in ihrer Handtasche hatte mitnehmen sollen, in ein neues Portemonnaie gesteckt – ein rosafarbenes Kunstlederportemonnaie –, das so klein war, dass Marie beim Bezahlen gezwungen gewesen war, mit ihren langen Fingernägeln umständlich darin herumzuwühlen, denn eine Kreditkarte mit Alex' Namen hatte sie selbstverständlich nicht verwenden können.

Der gesamte Einkauf war eine Tortur gewesen. Sie

war ständig angestarrt worden, immer wieder waren Männer auffällig nah und wiederholt an ihr vorübergestrichen, einmal hatte sie Frauen gesehen, die zusammenstanden und sich offensichtlich über sie unterhielten. Selbst das Mädchen an der Kasse hatte den Kopf geschüttelt, sich aber kaum getraut, Marie direkt in die nun stark geschminkten Augen – Beate hatte selbst abschließend Hand angelegt und Mascara und Lidschatten verstärkt – zu schauen. Als sie schließlich mit klackernden Absätzen, den gut gefüllten Einkaufswagen vor sich herschiebend, den Markt hatte verlassen wollen, hatten sich ihr zwei Männer so in den Weg gestellt, dass sie zwischen ihnen hindurch hatte gehen müssen – beide hatten ihr über ihren in rotes Leder gezwängten Hintern gestrichen und einer hatte es sogar geschafft, mit seiner Hand die Innenseite ihres Oberschenkels zu erreichen und den Rock ruckartig etwas höher zu schieben.

Glücklicherweise war ihr keiner der beiden gefolgt.

Als sie wieder zu Hause eingetroffen war, war ihr Make-up verschmiert gewesen von Tränen, die sie im Auto nicht hatte zurückhalten können. Sie hatte schon in den vergangenen Tagen immer wieder gedacht, dass es nicht schlimmer würde kommen können. Aber das war ein Irrtum gewesen: Es gab immer noch ein bisschen mehr an Demütigung.

Sonntag

Der Sonntag begann ähnlich wie der Samstag. Nur dass Marie womöglich soetwas wie einen Lichtstreifen am Horizont sah. Das kurze Gespräch mit Edith am Vorabend hatte sie zunächst verunsichert, doch je länger sie darüber nachdachte, desto mehr Möglichkeiten meinte sie zu entdecken. Bis sie schließlich sogar auf die Idee kam, zu *ihr* – zu ihr und Paul – flüchten zu können, falls es mit Beate und Eva zu arg werden sollte. Hatte sie ihr nicht eben dies angeboten? Hatte sie nicht versprochen, dass ihr eine Lösung einfallen würde? Und selbst wenn sie sich in diesem Fall Paul gegenüber würde outen müssen, so würde sie zugleich die Möglichkeit haben, alles zu erklären, und hätte in Edith, wie sie glaubte, eine Verbündete an ihrer Seite. Und Paul erschien ihr durch und durch anständig. Er würde Alex vielleicht nicht verurteilen.

Nach dem wiederum späten Frühstück wurde Marie, die eben die Küche aufräumte und weisungsgemäß das Mittagessen vorbereiten wollte, ins Wohnzimmer gerufen. Dort wurde sie ohne eine Erklärung zunächst ausgiebig gemustert. Dann musste sie ihr Dienstbotenkleid aufknöpfen.

„Warum trägst du kein Korsett?", fragte Beate streng.

Marie hob hilflos die Schultern. „Das ist ... in den vergangenen Tagen ... irgendwie untergegangen. Und außerdem ist es zum Arbeiten ziemlich unpraktisch."

„Diese Entscheidung solltest du schon uns überlassen!" Trotz des für sie amüsanten Verlaufs des Vorabends und des ausgiebigen Frühstücks schien Beate angespannt und unzufrieden zu sein. Hatten die beiden sich etwa gestritten? Immerhin hatten sie in der Nacht nicht weiter Maries Dienste in Anspruch genommen, vielleicht war dies ja ein Zeichen, dass es Uneinigkeit zwischen den ‚alten Freundinnen‘ gab.

„Außerdem“, fuhr sie fort, „haben wir beschlossen, dass wir dir zu einem ordentlichen Dekolletee verhelfen wollen. Dafür ist es unumgänglich, dass dein Busen richtig sitzt, so dass die Übergänge überschminkt werden können. Deshalb werden wir dir heute den Busen mit diesem Spezialkleber“ – Beate wies auf ein Fläschchen auf dem Wohnzimmertisch – „ankleben. Er soll vier bis fünf Tage lang halten.“

„Und es gibt noch weitere Dinge, die wir ausprobieren möchten“, fuhr Eva fort, als Beate eine kurze Pause machte. „Sieh mal in dieses Paket!“

Auf dem Wohnzimmertisch stand ebenfalls das Paket, das vor einigen Tagen mit der Post gekommen war und das Eva an sich genommen und seither verborgen gehalten hatte. Darin stieß Marie auf eine rosafarbene Verpackung in romantischem Design mit Blümchen und barock anmutenden Ornamenten darauf.

Marie sah Eva mit großen Augen an. „Eine …“

„Ja, eine Vagina für dich! Mit den angeklebten Brüsten und der künstlichen Vagina könntest du theoretisch im Bikini ins Schwimmbad gehen, wurde uns versprochen. Wir wollen das gern ausprobieren.

„Aber dafür … das geht wohl nicht mit dem Keuschheitsgürtel, oder?“ Das war fast schon eine gute Nachricht.

„Wahrscheinlich nicht. Wir werden sehen.“

„Außerdem“, mischte sich nun Beate wieder ein,

„haben wir beschlossen, dass du von heute an deine ,Tage' hast. Du wirst also von jetzt an Tampons tragen statt des Dildos – den du ja sowieso nur benutzt, um dir Vergnügen zu verschaffen – und Binden. Und am Montag fängst du dann mit der Pille an."

Marie erstarrte.

„Mit der Pille?"

„Ja, wenn morgen deine Tage wieder vorbei sind, musst du doch verhüten, oder nicht? Einen Ring oder eine Spirale können wir dir schlecht einsetzen lassen, also die Pille. Mal sehen, ob du sie verträgst. Aber meistens geht das ja recht gut. – Und jetzt zieh dich aus!"

„Aber die Pille – das heißt Hormone! Dann … das ist … dann wächst ja mir ein Busen."

„Das wäre doch ohnehin die bessere Lösung oder nicht? Ich meine, diese ganz Kleberei und …"

„Und ich werde körperlich eine Frau!"

„Ja, natürlich, das wolltest du doch. So hat Eva es mir erzählt. Das stand doch am Beginn dieses Experiments, bei dem Eva dich so hingebungsvoll und selbstlos unterstützt. Ich meine, versetz dich doch auch einmal in ihre Situation: Bis vor einer Woche hatte sie noch einen mehr oder weniger normalen Ehe*mann*, jetzt muss sie damit klarkommen, dass dieser Mann lieber eine Frau wäre."

„Aber das ist doch noch gar nicht sicher."

„Also, ich glaube, das habt ihr ja schon ausdiskutiert. Da möchte ich mich jetzt nicht einmischen. *Meine* Aufgabe ist es nur, dir behilflich zu sein bei deinem Weg zur Frau, und das werde ich jetzt tun. Alles andere müsst ihr unter euch ausmachen. Tut mir leid. Also zieh dich jetzt aus!"

„Aber ..."

„Marie!" Nun schaltete sich Eva wieder ein. „Nicht jetzt, bitte! Außerdem haben wir darüber wirklich schon gesprochen, du wirst diese fruchtlose Diskussion nicht schon wieder anfangen wollen. Tu, was Beate sagt, und damit Schluss!"

Marie gehorchte wie in Trance. Die Pille ... Hormone ... das wäre nun wirklich der GAU. Das wäre der erste, unwiderrufliche Schritt zur körperlichen Umwandlung zur Frau! Dann könnte Alex gar nicht mehr zurück in sein altes Leben!

Während sie sich mechanisch auszog, musterte Beate ihren Körper. Als sie nackt bis auf Keuschheitsgürtel und Harness war, nahm Beate aus zwei Schachteln zwei neue Silikonbrüste, und es war unschwer zu erkennen, dass sie größer waren als die, die Marie bisher getragen hatte. Beate hielt sie ihr an und beratschlagte mit Eva, wo und wie genau sie sitzen sollten. Das Gewicht würde sie hängen und schwingen lassen, das musste berücksichtigt werden.

Dann wiesen sie Marie an, sich auf das Sofa zu legen. Sie säuberten die Haut in einem großen Kreis um ihre Brustwarzen herum und trugen dann, streng nach beiliegender Anleitung, den Spezialkleber auf. Sie ließen ihn kurz antrocknen und legten dann die Silikonbrüste an die Stellen, auf die sie sich miteinander geeinigt hatten.

„Genau so festhalten. In ein paar Minuten sollte der Kleber trocken genug sein. Halt sie fest und lass sie nicht verrutschen!"

Als es soweit war und Marie loslassen durfte, spürte sie sofort, welches Eigengewicht diese Brüste hatten. Eva legte ihr einen BH um, und dennoch war es ein anderes Gefühl als zuvor. Jeden Augenblick spürte sie das Gewicht, das sie an ihrer Brust nach vorne zog.

„Jetzt die Vagina."

„Komm mit", sagte Eva zu Marie, nahm die Schachtel mit der Latex-Vagina und ging mit Marie, die trotz des BHs mit beiden Händen ihre neuen Brüste festhielt, ins Badezimmer. Hier öffnete sie zunächst die Schlösser von CB 6000 und Harness und Marie konnte sich von beidem befreien. Inzwischen puderte Eva das Latex-Höschen, in das die Vagina integriert war, von innen ein und reichte sie dann Marie.

Als diese hineingeschlüpft war und sie mit einiger Mühe bis fast zum Schritt hochgezogen hatte, gebot Eva ihr Einhalt.

„Moment. Jetzt müssen wir dein Spielzeug verpacken.

Sie ergriff den Penis, der inzwischen schon wieder gewachsen war, zog die Penishaut über die Eichel und ließ auf diese Weise den in seinem Wachstum nun gehemmten Penis zu einem Gutteil im Unterleib verschwinden. Dann zog sie das Vagina-Höschen darüber, so dass der Penis an Ort und Stelle fixiert war und kaum mehr hervorragte. Die kleine Wölbung, die sich auf diese Weise ergab, sah aus wie ein natürlicher Venushügel.

„Siehst du? Gar nicht schlecht! Du hast einen echt flachen Schritt und dazu noch eine richtige Vagina!"

Und tatsächlich! Marie wäre beinahe in Ohnmacht gefallen, so geschockt war sie, als sie in den Spiegel schaute. Was sich angefühlt hatte wie ein sehr eng sitzendes Höschen, sah von außen aus wie eine echte, weibliche Vagina mit allem, was dazugehörte, einschließlich eines dezenten Schamhaarflaums. Die

Schamlippen sahen rötlich daraus hervor, als wären sie nicht aus Latex, sondern aus weicher Haut.

Marie war so verwirrt, dass sie nicht mehr wusste, ob sie erschüttert oder fasziniert sein sollte. Das war nicht mehr Alex' Schoß, den sie da sah, das war … was? Marie? Was sie im Spiegelbild sah, war zugleich bestürzend und berauschend … ja, auch irgendwie berauschend, denn das ging wirklich weiter als alles, was sie an Perversität bisher gesehen und empfunden hatte.

Beate stand in der Badezimmertür und schaute zu. „So langsam wird's annehmbar", sagte sie. „Wenn wir so weitermachen, können wir morgen auf's Rathaus gehen und einen neuen Pass beantragen." Und sie lachte.

„Jetzt das Korsett", sagte sie dann und schaute sich suchend um.

„Ich glaube, wir sollten ihr erst Höschen und Miederhose anziehen, oder nicht?"

„Gut, wahrscheinlich ist das besser so. Auch wenn es wirklich schade ist. Marie sollte von nun an hier im Haus immer nackt herumlaufen."

„Oder wenigstens ohne Höschen. Dagegen habe ich auch nichts", pflichtete Eva ihr bei. „Einen Rock, kein Höschen – und niemals die Beine zusammenhalten oder gar übereinander schlagen, damit die Vagina gut sichtbar ist."

„Hattest du ihr das nicht sowieso verordnet? Das Höschen wegzulassen?"

Eva nickte. „Eigentlich schon."

„Wir können ja ein *durchsichtiges* Höschen nehmen! Verführerischer und zugleich perverser geht es nicht."

„Einverstanden." Eva grinste Marie an.

Dann nahm sie ein Höschen aus dem kleinen Paket.

„Dieses Höschen", wandte sie sich wieder an Marie, „ist ein wenig größer, damit es über deine neue Vagina, deine neue ‚Unterweite', passt." Wieder griff sie in das Paket. „Und diese Miederhose soll dir noch mehr weibliche Rundungen geben. Solange die Hormone noch nicht wirken, wirst du ja noch keine wirkliche Taille haben, was auch daran liegt, dass dein Becken und dein Po noch zu schmal sind. Schließlich kommt es nicht auf die *absoluten* Maße an, sondern auf das richtige *Verhältnis*. Vorübergehend gleichen wir das durch diese Miederhose aus, die an den entsprechenden Stellen Polster hat, siehst du?" Sie hielt die Hose hoch, so dass Marie die Stoffpolster sehen konnte, die seitlich und hinten in den Stoff eingenäht waren. „Zieh sie mal an!"

Tatsächlich saßen die Polster sowohl an Maries Hintern als auch rechts und links des Beckens so perfekt, dass sie hier ein Stück ausladender wurde, während sich der Po wesentlich deutlicher abzeichnete, alles in allem sichtbar runder erschien.

Auch Beate nickte befriedigt. „Und jetzt das Korsett."

Eva holte es aus dem Schlafzimmer und legte es Marie an. Beate schnürte es, und sie war wirklich unbarmherzig. Vor allem das Argument, dass Marie nicht mehr atmen könne, zählte nicht. Entscheidend war für sie, ob es noch enger *ging* oder ob nicht. Offenbar wollte sie wirklich die entsprechende Grenze erreichen.

Als sie fertig war und Marie nur noch kerzengerade stehen und *sehr* flach atmen konnte, gab Eva ihr ein seidenes Unterkleid mit hauchzarten Spaghettiträgern, das besonders schmal geschnitten war. Es legte sich so eng über Busen, Korsett, Hüften und Po, dass Marie schon beim Anziehen ihre neuen Formen deutlich spüren konnte. Und als sie in diesem Aufzug schließlich in den Spiegel sah, war sie selbst sprachlos: Das waren richtige, weibliche Kurven, die sie dort sah, von der nun nicht mehr übersehbaren Oberweite über eine geradezu atemberaubend schmale Taille bis zu einer wiederum ausladenden Hüfte.

Eva schmunzelte. „90-60-90?"

„Wohl eher 95-55-95, wenn du mich fragst." Beate lachte zufrieden.

„Jedenfalls beeindruckend! Wie fühlst du dich?"

Marie fand es bemerkenswert: Offenbar war ein Punkt erreicht, an dem es geboten schien, doch einmal nach dem Wohlbefinden, eigentlich: den Überlebenschancen der Probandin zu fragen.

„Ich bekomme keine Luft."

„Ach", verwarf Beate den Einwurf, „daran wirst du dich gewöhnen. Es gibt Frauen, die sind viel extremer geschnürt. Einige lassen sich sogar die unteren Rippen wegoperieren – glaubst du, dass die besser atmen können?"

„Die sind das aber gewohnt …"

„Sonst irgendwelche Beschwerden?"

„Ich kann mich nicht mehr bücken."

„Das ist allerdings unpraktisch. Aber du wirst schon eine Lösung finden, deine Hausarbeit zu bewältigen. Eine Frau bückt sich ohnehin nicht. Sie geht mit geradem Rücken elegant in die Knie. Das wirst du dir schon angewöhnen. Also gut, weiter."

Damit holte Eva hautfarbene Stayups mit breitem Spitzenrand hervor und half Marie beim Anziehen, denn diese konnte ihre Fußspitzen nun nicht mehr erreichen. Dann folgte ein weißer, fast knielanger Unterrock mit feinen Rüschen am Saum. Als nächstes reichte sie Marie eine Dirndlbluse, die sie sich über den Kopf ziehen musste. Der Ausschnitt war größer als alles, was Marie bisher getragen hatte. Die Silikonbrüste und die Spalte zwischen ihnen waren deutlich zu sehen.

„Okay", sagte Beate fachmännisch, „darum geht's. Da werden wir dir jetzt ein schönes Dekolletee zaubern müssen. Ich bin gespannt."

Marie wurde wieder ins Bad zurück geführt und Eva fing an, ihren Ausschnitt mit Schminke so zu bearbeiten, dass die Übergänge zwischen dem Silikon der künstlichen Brüste und der natürlichen Haut verschwanden. Und das funktionierte! Marie schoss bei dem Anblick das Blut in den Kopf, ihr wurde heiß – irritierenderweise selbst in ihrem Latexvagina- und dem strammen Polstermieder-Höschen.

Doch noch durfte sie sich nicht im Spiegel betrachten. Zunächst gab Eva ihr noch ein rosa-hellblaues Dirndl mit reichlich romantischen Blumenstickereien sowie die dazu passende, rosafarbene Schürze.

„Wo binden wir den Knoten?", fragte Eva.

Beate schmunzelte. „Wir wollen doch die Kerle anlocken, oder nicht? Die kleine Marie soll ruhig einmal von den Herren der Schöpfung angemacht werden. Also muss die Botschaft lauten: Ich bin zu haben! Eigentlich müsste die Schleife dafür vorne links sein. Aber noch prickelnder ist es natürlich, wenn sie vorne in der Mitte ist."

„Warum?"

„Das heißt, dass unsere kleine Marie noch Jungfrau ist."

„Und ist sie?"

„Eigentlich ja. Schließlich hatte sie noch keinen ‚richtigen' in ihrer Möse, oder? Ein Dildo zählt nicht. Theoretisch ist das Häutchen noch intakt."

„Aber ein Dildo macht das Jungfernhäutchen doch auch kaputt."

„Was? Nein, dafür ist es zu dehnbar. Nein, unsere kleine Marie ist noch Jungfrau, das wissen wir ziemlich genau. Und das soll sie gefälligst auch zeigen. Alles andere wäre Betrug!"

„Wir können ihr ja zwei Schürzen umbinden, einmal mit dem Knoten vorne in der Mitte und einmal links."

„Dann können wir ihr auch gleich ein Schild umhängen: Ich will es! Nimm mich jetzt!"

Die beiden lachten.

„Ist das nicht pervers, diese ‚Sprache der Schleife'?", fragte Eva schließlich. „Ich meine ‚ich bin noch Jungfrau' – will ich denn, dass das jeder weiß?"

„Irgendwie ist es schon pervers, ja. Aber andererseits macht es das Ganze wesentlich einfacher. Die Bedingungen sind von vornherein klar und du musst nicht erst einen Ehering suchen oder das Mädchen muss beim ersten Mal nicht erst erklären, dass und warum und so."

„Und sind die Mädchen immer ehrlich? Ich meine – ist immer ‚Jungfrau' drin, wo ‚Jungfrau' draufsteht?"

Beate grinste sie an, dann lachten beide los.

Schließlich nickte Eva, nachdem sie sich Marie wieder zugewandt hatte. „Gut. Also in der Mitte. Da müssen wir dann nur aufpassen, dass sie uns nicht entwischt."

„Entwischt?", fragte nun Marie. „Was habt ihr denn eigentlich vor?"

„Ach", sagte Beate und wandte sich wieder an Eva,

„hast du es ihr noch nicht gesagt?"

Eva schüttelte mit dem Kopf. „Hab ich vergessen."

„Was?", insistierte Marie nun. Schon fühlte sie wieder Panik in sich aufsteigen.

„Nichts besonderes. In der Stadt ist so eine Art Oktoberfest. Mit richtigen Bierzelten und Wies'n-Bier. Es gibt Maß und Brezn. Und es gibt eine Dirndl-Modenschau der Besucherinnen: das schönste Dirndl wird prämiert."

„Und das schönste Dirndl wirst du tragen!" Beate grinste Marie an.

„Ich?"

„Du wirst die Wies'n-Dirndl-Königin, ja. Da darfst du dann mit dem Bürgermeister und allen Honoratioren zur Blasmusik tanzen – und wir werden aufpassen, dass niemand von ihnen dir dein Jungfernhäutchen stielt."

Und wieder lachten die beiden fröhlich. Es war offensichtlich, dass sie bester Laune waren. Von wegen Spannungen zwischen ihnen! Sie waren im Gegenteil *so* guter Laune, dass Marie sich nicht sicher war, ob sie ihre Ankündigung, auf dieses ‚Oktoberfest' im Juni zu gehen, überhaupt ernst meinten. Vielleicht hatten sie ja auch etwas ganz anderes vor. Aber das wollte sie in diesem Augenblick gar nicht so genau wissen. Ihr blieb ohnehin keine Wahl, als alles das mitzumachen und über sich ergehen zu lassen, was die beiden sich ausdachten – die einzige Möglichkeit der Gegenwehr würde in der Flucht bestehen. Sie sollte einmal damit beginnen, darüber nachzudenken, was dafür eigentlich notwendig war. Würde sie das irgendwie vorbereiten müssen?

„Denk an das Kropfband", sagte Beate in diesem

Augenblick zu Eva.

Diese nahm aus einer winzigen Schachtel ein breites, schwarzes Samtband, an dem sich in der Mitte ein aus Glitzersteinen geformtes, ziemlich großes Herz befand. In seiner Mitte prangte ein leuchtender, blutroter Stein, der wohl einen Saphir imitieren sollte. Auch er hatte die Form eines Herzen. Unten an dem Herz hing zudem ein silbernes Kreuz mit dem Korpus des gekreuzigten Christus.

Eva trat hinter Marie, legte ihr das Band um den Hals und verschloss es hinten. Es hing nicht etwa wie eine Kette in das Dekolletee hinab, sondern saß so eng am Hals, dass es nicht herunterrutschen oder hängen konnte, sondern stattdessen Maries ohnehin kaum sichtbaren, kleinen Adamsapfel kaschierte. Auf diese Weise spürte sie es aber auch jedesmal, wenn sie schluckte.

„Wunderschön", sagte Eva, als sie Marie von oben bis unten eingehend gemustert hatte. „Ich glaube wirklich, dass du Chancen auf die schönste Frau im schönsten Dirndl hast. Ich jedenfalls finde alles sehr passend und es steht dir ausgesprochen gut. Eine ‚Jungfrau' zum Anbeißen. Jetzt schmink und frisier dich noch, in der Zwischenzeit ziehen auch wir unsere Kleider an. Dann geht es los!"

„Und vergiss nicht die Schuhe!", rief Eva ihr hinterher, als Marie das Bad schon verlassen hatte. „Schwarze Pumps, mindestens 10 Zentimeter – eher mehr! Aber so, dass du darin tanzen kannst! Denn das wirst du schließlich müssen, wenn die alten, geilen Säcke die knackige Wies'n-Dirndl Königin ausgiebig begrapschen wollen!"

Oktoberfest im Juni

„Was machen deine ‚Tage'?"

„Wie bitte?" Marie streifte sich gerade ihr Jäckchen über, das Eva ihr gegeben hatte und das perfekt zu dem Dirndl in Hellblau und Rosa passte. Sie waren dabei, aufzubrechen.

„Na, hast du einen Tampon eingeführt?"

Marie wurde wieder einmal rot.

„Nicht? Das wird peinlich werden, das kann ich dir sagen. Also los – oder soll *ich* das übernehmen?"

Marie zögerte unentschlossen einen Augenblick, doch als Beate eine entsprechende Bewegung in ihre Richtung machte, verschwand sie in ihren hochhackigen Pumps Richtung Bad.

Das Einführen des Tampons war angesichts der Latex-Vagina und der Miederhose nicht einfach, aber noch schwieriger war die Überwindung. Alex hatte nun schon einiges über sich ergehen lassen, aber die Androhung, einen Tampon tragen zu sollen, war bisher der Gipfel der Demütigung gewesen – wenn er einen solchen überhaupt benennen konnte. Alex wusste nicht, was genau daran so beschämend war, ob es schlicht das Lächerliche an der Situation war, dass er als Mann zu soetwas genötigt wurde. Lächerlich war es in jedem Fall, aber das war schließlich auch das Tragen eines BHs mit Busen und einer künstlichen Vagina. Selbst das Tragen von Spitzen-Dessous und von Nylonstrümpfen empfand er eigentlich als ziemlich beschämend – und doch war ein Tampon noch einmal etwas anderes. Ein Tampon war etwas, das selbst eine

Frau unter allen Umständen geheim hielt; er war eines der letzten Tabus, über das nur hinter vorgehaltener Hand und nur unter besten Freundinnen gesprochen wurde. An einem Tampon konnte man wirklich *nichts* schön oder gar sexy finden, so wie Edith es ihm geraten hatte, schon gar nicht, wenn man ihn in seinen Hintern schieben musste, obwohl er dort wirklich keinerlei Sinn machte. Das wäre fast das gleiche, als gezwungen zu sein, Windeln zu tragen und sich in die eigene Hose zu pinkeln.

Aber schließlich musste Marie auch dies tun, wenn sie nicht offen aufbegehren wollte (und es war nur für ‚Marie' zu machen, keinesfalls für ‚Alex').

Sie entfernte die Plastikverpackung und begann damit, den vorne abgerundeten Watte-Zylinder ganz langsam hineinzuschieben. Glücklicherweise war durch den Dildo ihre hintere Öffnung bereits ein wenig geweitet. Schließlich sorgte sie dafür, dass der hellblaue Faden lang genug herausschaute, damit sie den Tampon auch wieder würde herausziehen können. Es fühlte sich seltsam an, aber durch das Tragen des Harness' war Marie schon einigermaßen daran gewöhnt – in Wirklichkeit spürte sie kaum etwas von dem ungewöhnlichen Gegenstand in ihrem Hintern. Und sie war froh, dass sie nicht sehen konnte, wie der hellblaue Faden hervorschaute.

Nachdem sie alles wieder sorgfältig gerichtet hatte und beim Blick in den Spiegel vor Scham wieder einmal errötet war – sie hielt für einen Augenblick inne, weil sie nicht daran glauben konnte, dass man von all dem, was sich unter dem unschuldigen Dirndl-Rock verbarg, wirklich nichts sehen, nicht einmal etwas ahnen konnte –, ging sie hinunter, fand die Garderobe bereits verlassen, nahm Jäckchen und Handtasche und ging so schnell es die hohen Schuhe erlaubten und mit möglichst kleinen Schritten hinaus auf die Straße, wo Eva und Beate bereits im Auto auf sie warteten. Kaum hatte sie die Tür geschlossen, fuhr der Wagen auch schon an.

Marie saß selbstverständlich hinten. Vorne unterhielten sich Eva und Beate angeregt, bezogen Marie aber nicht mit ein. So konnte sie sich in aller Ruhe umsehen und sich in ihre Lage hineinfinden.

Da saß sie nun in einem Dirndl, mit Pumps an den Füßen und einem Kropfband um den Hals. Sie war am ganzen Körper rasiert und eingecremt, hatte eine sexy, weibliche Frisur, trug glitzernde Ohrstecker in ihren Ohrläppchen und hatte sich geschminkt. Außerdem musste sie sehr aufrecht sitzen, denn ein Korsett, das ihr die Taille zusammenschnürte, zwang sie dazu, und sie hatte ein Dekolletee, das den Blick der Männer geradezu in die Spalte zwischen den Silikon-Brüsten hinein ziehen *musste* und vielleicht auch dem Betrachter Atemnot bescheren würde (immerhin waren die falschen Titten ausgesprochen wohlgeformt). Sie trug eine Schürze über ihrem Kleid und den Knoten so, als wenn sie ‚Jungfrau‘ wäre, und – der Gipfel an Perversität! – in ihrem Höschen unter dem unschuldig weißen Unterrock hatte sie eine täuschend echt aussehende Vagina mit Schamhaar und roten Schamlippen. Bei jedem einzelnen dieser Details wurde es ihr unbehaglicher zumute. Nein, gewöhnt hatte sie sich an all das noch nicht, und sie wusste auch nicht, wo das noch hinführen würde.

Doch plötzlich sah sie ihr Gesicht im Rückspiegel. Und sie war überrascht: Die Frau, die sie dort sah, sah vielleicht ein bisschen verschämt, aber doch auch toll aus! Das war eine wirklich hübsche Frau, das schmale Gesicht umrahmt von der modischen Kurzhaarfrisur, mit dem stilvollen, romantischen Kropfband am Hals und, wenn sie sich ein wenig aufrichtete, dem Rüschenbesatz des Halsansatzes der Dirndlbluse. Wahrscheinlich hätte Alex sich nicht getraut, eine so attraktive und stilvolle Frau anzusprechen, wenn er ihr auf der Straße oder in einem Bierzelt begegnet wäre. Er hätte sie bewundert und von ihr geträumt, aber sie wäre ihm als ‚eine andere Liga‘ erschienen, eine ‚andere Klasse‘. Sie gehörte einer gänzlich anderen Welt an, für die vollkommen andere Regeln galten als die, nach denen er gewöhnlich lebte!

Aber woher kam das plötzlich? Wie konnte Marie einer solch anderen Welt angehören? Immerhin war er noch immer – mehr oder weniger – Alex, und Eva war noch immer Eva und selbst Beate war nicht wirklich in dieser anderen Welt beheimatet, nach der das aussah, was er im Spiegel sehen konnte. Und doch war Marie in sie hineingeraten. Jedenfalls fühlte sich das so an. Sie würde in diesem Aufzug auf's Oktoberfest gehen, würde eine dieser tollen Frauen sein, die in ihren Dirndls zum Anbeißen aussahen – aber eben auch unerreichbar schienen für so einen wie Alex.

Überrascht spürte Marie, dass sie gespannt war, zugleich aufgeregt und nervös. Alex schämte sich angesichts des Vielen, das ihn erniedrigte, aber Marie begann sich auf das Fest auf seltsame Weise zu freuen. Zumindest war sie nicht nur besorgt, sondern auch ein wenig gespannt. Denn eines hatte sie inzwischen gelernt: Als Frau brauchte man sich keine Gedanken darum zu machen, dass etwas passierte, dass etwas ‚lief‘.

Dafür sorgten schon die Männer. Die einzige Frage war offenbar die, ob es die *richtigen* Männer waren, die sich an sie heranmachten.

Und wieder erschrak sie: *Männer*? Wie konnte es sein, dass sie sich über *Männer* Gedanken machte! Alex war nicht schwul und hätte, wenn er nicht in diesen Kleidern gesteckt hätte, heimlich nach Frauen Ausschau gehalten. Aber trotzdem dachte er, dachte Marie nun an Männer. – Vermutlich war die Lösung ganz einfach: Wenn man in solchen Kleidern steckte, wirkte das vor allem auf *Männer*. Es gab offenbar gar keine Möglichkeit, sich *nicht* mit ihnen zu beschäftigen, denn sie umschwärmten einen wie Motten das Licht.

Und dann sah sie Beate, wie sie sich zu Eva hinüberbeugte und ihr auf die Wange küsste. Wenn die nicht gewesen wäre, dachte Marie, dann hätte sie diesen Ausflug mit Eva vielleicht sogar irgendwie abenteuerlich finden und genießen können. Aber diese Beate war ihr unheimlich; sie war unberechenbar, und mit ihr – leider – auch Eva. Ob sie das ernstgemeint hatten mit diesem Dirndl-Wettbewerb? Würden sie sie wirklich auf eine Bühne stellen und sie begutachten lassen wie eine Milchkuh? Und wenn ja, was würde in einer solchen Situation geschehen? Immerhin war kein Karneval, Travestie stand nicht auf dem Programm; wenn jemand bemerkte, dass Marie eigentlich Alex war … und was geschah eigentlich hinter den Kulissen mit einer solchen Wies'n-Königin in ihrem heißen, unschuldigen Dirndl? *Hinter* der Bühne hielten sich die ‚Honoratioren' und deren Entourage bestimmt nicht so züchtig zurück, wie wenn sie im Scheinwerferlicht *auf* der der Bühne standen. Das kannte man doch …

Im Grunde schien es ein ganz normaler Jahrmarkt zu sein. Nur dass überall Fahnen mit den weiß-blauen, bayerischen Rauten wehten und über dem Eingang ein großes Schild mit der Aufschrift „Oktoberfest" hing.

Eine Reihe von Zelten säumte eine breite Straße über die Festwiese, die schnurgerade auf ein wirklich gigantisches Riesenrad zu führte. Aus den Zelten ragten Fahnenmasten oder sogar kleine Türme heraus, der eine mit dem Schriftzug „Löwenbräu", der andere mit „Paulaner". Offenbar hatte man echtes bayerisches Bier herangekarrt, um dieses Oktoberfest möglichst authentisch wirken zu lassen.

Einige Stände boten die üblichen Jahrmarktutensilien an, aber die Bierzelte waren deutlich in der Überzahl. Sie waren sicher nicht so groß wie die in München, aber dennoch war Marie überrascht, wie viele Menschen an den Biertischen saßen und sich von den Mädchen in Dirndln halb gefüllte Maßkrüge mit viel zu viel Schaum bringen ließen.

Marie musste in kleinen Trippelschritten laufen, denn ihre schmalen Absätze versanken bei jedem Schritt in der Erde. Hätte sie männliche Begleitung gehabt, hätte sie sich sicher festgehalten, so aber musste sie sehr vorsichtig sein, wenn sie nicht hinfallen und sich die Fußgelenke brechen wollte. Und zugleich kam sie sich *unglaublich* weiblich vor, wie sie sich da trippelnd voran bewegte und mit den Armen versuchte, das Gleichgewicht nicht zu verlieren, ohne gänzlich lächerlich zu wirken.

Über dem ganzen Gelände lag ein Gewirr verschiedener Klangkulissen, die meisten von ihnen live und von bayerischer Blasmusik dominiert. Die Stimmung schien ausgelassen, aber offenbar war es noch zu früh für Bierleichen und Krawall, den Marie unterschwellig erwartet hatte.

Die drei ‚Mädels' betraten eines der Zelte unter dem „Löwenbräu"-Turm und suchten sich einen Platz irgendwo im Gewühl. Auf ihrem Weg zwischen den Biertischen hindurch machten ihnen Männergruppen immer wieder einladend Platz an ihrem Tisch, doch Beate, die die Führung übernommen hatte – und die in ihrem Dirndl überraschenderweise ebenfalls ‚zum Anbeißen' aussah – lehnte jedesmal mit einem lockeren Scherz und einem hinreißenden Lächeln auf den Lippen ab.

Schließlich aber nahm sie eine dieser Einladungen an. Marie musste über eine Bierbank steigen, um in eine Lücke zwischen zwei Männern schlüpfen zu können, und als sie den großen Schritt über die Bank machte, spürte sie sofort die Blicke sämtlicher Männer, die ganz ungeniert versuchten, unter ihre Röcke zu schauen.

Zu spät merkte Marie, dass Eva und Beate auf der anderen Seite des Tischs zu sitzen kamen. So war sie eingezwängt zwischen zwei jungen Männern, die sofort wieder nahe heranrückten, als Marie auf der Bank Platz genommen hatte. Sie kam kaum dazu, Rock und Schürze über ihren Oberschenkeln glatt zu ziehen.

Und buchstäblich *sofort* ging das Flirten los. Marie war sich nicht sicher, ob das der allgemeinen Atmosphäre des Oktoberfests geschuldet war oder ob das Bier die Leute schon enthemmt hatte, jedenfalls schien es hier kaum nennenswerte Schwellen oder auch nur Linien zu geben, die wirksam Grenzen markierten.

Zunächst wurde den ‚drei Grazien' Bier bestellt. Innerhalb von wenigen Sekunden stand vor jeder von ihnen eine Maß, und neben der Hälfte von den ‚Herren‘ auch. Zum Willkommen musste jede einen tiefen Schluck nehmen – wenn sie absetzen wollten, wurde das Glas einfach festgehalten und sie mussten weitertrinken. So leerte Marie die Maß mit diesem ersten Zug fast zur Hälfte und spürte auch sofort die Wirkung: ihr erschien plötzlich alles nicht mehr so dramatisch; nach kürzester Zeit begann auch sie zu plaudern.

Und es dauerte nicht lange, bis die erste Hand auf ihrem Oberschenkel lag – vorerst noch *auf* dem Stoff ihres Kleids. Sie nahm einen weiteren, tiefen Schluck und plauderte weiter, als wenn sie nichts bemerkt hätte.

Wenig später ging die Hand auf Entdeckungstour. Schnell wurde sie sich darüber im Klaren, dass das Mädchen, zu dem der schlanke, feste Oberschenkel gehörte, Nylonstrümpfe mit Spitzenbesatz trug; deren Ränder fühlten sich offenbar besonders reizvoll an (was Marie plötzlich ebenfalls feststellte), stellten aber kein nennenswertes Hindernis für weitere Erkundungsfahrten dar. Die zweite Maß wurde bestellt und kurz darauf geliefert.

Von dem Nachbarn auf der anderen Seite wurde Marie weiter zum Trinken animiert und auf plumpste Weise in ein mehr als seichtes Gespräch verwickelt. Aber was machte das schon, die Leute hier erschienen Marie alle sehr nett. Und die Hauptsache war schließlich, dass sie keinen Verdacht schöpften und in ihr nichts weiter sahen, als eines dieser netten Mädels im Dirndl, die ein wenig Spaß haben wollten.

Dennoch legte sie ihre Hand auf die Hand auf ihrem Oberschenkel und wollte sie sanft daran hindern, weitere Erkundungen zu veranstalten. Aber offenbar missverstand die Hand dies und es entschied die pure Kraft – der Typ in Lederhose und kariertem Hemd war ein Hüne! –, die Hand hatte inzwischen einen Weg *unter* den Stoff des Rocks gefunden und schob sich nun unaufhaltsam immer weiter nach oben; eben war sie an einem Stück nackter Haut kurz zum Halten gekommen.

Marie sah sich hilfesuchend nach Eva um. Aber auch die war bereits *sehr* beschäftigt: Sie knutschte wild mit einer Lederhose herum und ließ sich von ihr begrapschen. Bei Beate sah es nicht viel anders aus, auch wenn diese unübersehbar die Initiative und die Kontrolle übernommen hatte. Marie kam der Verdacht, dass dies ganz offensichtlich das eigentliche Ziel der ,Aktion Oktoberfest' gewesen war und dass Eva und Beate sogar ganz bewusst *diesen* Tisch und *diese* Gesellschaft ausgesucht hatten. Sie nahm einen tiefen Schluck aus dem Maßkrug.

Maries Hüne hatte ganz offensichtlich seinen Spaß an einer Wildkatze, die Widerstand leistete. Obwohl Marie sie daran zu hindern versuchte, schob sich die Hand nun wieder weiter, selbst wenn Marie sie daran zu hindern versuchte, bis sie an die stramme Miederhose gelangte, deren eigentlichen Zweck sie glücklicherweise offensichtlich nicht erkannte. Denn sie ließ sich nicht beirren und drang ohne nennenswerte Pause weiter vor. Marie hatte kurz den Eindruck, dass sie spürte, wie Stoff riss.

Nun versuchte Marie doch etwas ernsthafter, sich von dem starken Griff um ihre Taille zu befreien und aufzustehen, aber das war nicht möglich. Inzwischen hatte auch der andere Typ angefangen, an ihr herumzufummeln, und bemühte sich gerade darum, ihren

‚Busen' freizulegen. Das immerhin konnte Marie verhindern, doch nahm er ganz einfach ihre Hand und führte sie dorthin, wo der Latz seiner Lederhose schon geöffnet und umgeschlagen war. Sofort spürte Marie, dass der Typ keine Unterhose trug. Ihre Hand wurde, obwohl sie zurückzuckte, ohne weiteres Vorspiel in den ‚Hosenstall' gelenkt und sie fühlte etwas sehr Hartes, das zugleich sehr warm war. Der Besitzer gab die Richtung vor, in der er wünschte, dass sich ihre Hand mit den verführerischen Fingernägeln bewegen sollte – die angestrebten Bewegungen waren nicht allzu komplex. Nach kurzem Zögern tat Marie ihm den Gefallen, denn so lange sie dort beschäftigt war, würde der Typ sich ruhig verhalten und sie zweifellos in Ruhe lassen.

Marie musste sich nun aber auf die andere Hand konzentrieren, die inzwischen ihren falschen Venushügel befingerte. Sie musste sie irgendwie ablenken, anders hatte sie keine Chance, das zu verhindern, was unvermeidlich folgen würde, wenn die Hand so weitermachte. Kurzerhand öffnete sie auch diesen Hosenlatz. Auch dort fand sie keine Unterhose und ohne weitere Schwierigkeiten konnte sie zugreifen. Das tat sie, und sie setzte dabei ihre Fingernägel ein. Im gleichen Moment war die Hand aus ihrem Höschen verschwunden, der Typ beschwerte sich.

„Hey, Kätzchen", fuhr er sie an, „etwas sanfter bitte!"

Marie lächelte ihn an und hoffte, dass es irgendwie verführerisch aussah. „Entschuldige", hauchte sie, „ich war nur so überrascht."

„Überrascht?"

„Wegen – na, du weißt schon."

„Weil er so groß ist?" Genüsslich grinste der Typ.

„Ja, da bist du nicht die erste. Soetwas gibt's nicht alle Tage." Und er legte seine Hand auf die ihre und gab ihr ebenfalls den von ihm gewünschten Rhythmus vor.

Nun war Marie beidhändig beschäftigt. Aber immerhin hatte sie auf diese Weise die Kontrolle übernommen. Und sie gab sich Mühe. Sie musste die Typen nur beschäftigen, dann würde das hier schon vorübergehen.

Da sah sie, dass Eva und ihr Typ sie amüsiert beobachteten. Als Eva sah, dass sie sie anblickte, flüsterte sie: „Du bist ein Naturtalent!" Im Lärm des Zelts las Marie die Worte von ihren Lippen ab und war sich vollkommen sicher, sie richtig verstanden zu haben.

Eva warf ihr einen Kuss zu, wies auf den Maßkrug und hob den Daumen. Marie wusste, dass sie Eva gegenüber eigentlich ärgerlich sein sollte, aber andererseits fand sie in diesem Augenblick alles auch irgendwie amüsant. Jedenfalls seit sie die Kontrolle übernommen hatte … nur trinken konnte sie auf diese Weise nicht.

In diesem Augenblick begann ihr Typ Nr. 2 zu stöhnen. Marie hatte es versäumt, zu verfolgen, wie weit er unter ihrer Hand war und fürchtete nun, dass er kommen würde und dass die Ladung womöglich auch noch auf ihr Kleid gehen würde. Sie konzentrierte sich auf das, was sie tat, doch war er offensichtlich noch nicht ganz so weit.

Da spürte sie die Hand von Typ Nr. 1 auf ihrem Hinterkopf; sie versuchte eindeutig, ihren Kopf nach unten zu drücken– in Richtung Hosenlatz. Es war klar, was der Hüne wollte! Von wegen Kontrolle! Die Hand war so kraftvoll, dass Marie gar nichts anderes übrig blieb, als sich herabzubeugen. Warum auch nicht. Was hätte sie schließlich außerdem tun sollen – einen Aufstand machen? Wieder die Fingernägel einsetzen? Sie wollte das Alles schnell hinter sich bringen. Und schließlich kam es darauf an, dass der Typ nicht wieder anfing, an *ihr* herumzufingern!

Also krümmte sie sich, bis sie die dunkelrote Eichel direkt vor ihrem Mund hatte.

Sie spürte Evas Blick in ihrem Nacken.

Ein letzter, noch nicht vom Alkohol betäubter Gedanke schoss ihr durch den Kopf: ‚Soll ich das wirklich tun?'

‚Das ist kein Dildo – das ist ein echter!'

‚Einmal ist keinmal – außerdem ist er viel stärker als ich …'

Schließlich öffnete sie leicht ihre Lippen und formte ein großes O mit ihnen, durch das sie die harte Eichel ganz langsam und vorsichtig aufnahm. Im richtigen Augenblick schloss sie die Lippen und hatte ihn nun im Mund.

Sie erschrak. Das war wirklich kein Dildo! Nun hatte sie einen echten Schwanz im Mund, und er pulsierte schon, als wolle er gleich losspritzen!

Er war warm und weich. Ganz anders als der Dildo. Keine harten Adern, überhaupt nicht hart.

Sie spürte, dass sie etwas tun musste, aber sie wollte nicht, dass er kommt. Also begann sie sehr vorsichtig, mit ihren Lippen an dem Schaft auf und ab zu fahren.

Es war nicht schlimm, so lange sie nicht nachdachte, sondern sich nur auf das konzentrierte, was sie tat. Mit der Zeit bekam sie ein Gefühl dafür. Sie musste auf ihre Zähne aufpassen. Es war ganz in Ordnung – solange … solange der Hüne nicht auch noch in ihrem Mund kommen wollte!

‚Aber wo sonst? Vielleicht in dein Dekolletee?'

Da würde ihr etwas einfallen müssen. ‚Nicht in meinem Mund!' Wozu hatte er schließlich eine Lederhose an!

Immerhin hätte sie sich darauf berufen können, dass der Typ kein Kondom trug. Safer Sex, das war sicher fast überall ein Argument, solange der Typ nicht total betrunken war.

Aber noch kam er nicht. Und dabei reagierte er prompt auf ihre Berührung und wurde steinhart. Plötzlich fühlte Marie sich auch geschmeichelt. Offenbar war sie ‚heiß' genug, um diesen Hünen zu erregen. Und sie spürte, wie es sie selbst auch reizte. In ihrem Höschen tat sich eindeutig etwas. Das hier war irgendwie …

Und dann – plötzlich, aber nicht ganz unerwartet – meldete sich Alex doch noch. ‚Was machst du hier, zum Teufel?!? Du bläst einem Besoffenen seinen Schwanz!'

Doch Marie wehrte sich. Was hätte sie anders tun sollen. Sie machte das schließlich ja nicht freiwillig. Und vor allem anderen musste sie heil hier herauskommen.

‚Aber – Alex!'

Die Scham überfiel ihn wie eine kalte Dusche. Was eben noch akzeptabel schien, wurde nun zum Alptraum. Er erstarrte, hielt inne – und wurde sogleich angefeuert, weiterzumachen. „Mach weiter, Süße!" Der Hüne ergriff seinen Kopf und bewegte ihn im gewünschten Rhythmus.

Alex schämte sich abgrundtief. Da hockte er – im Dirndl, mit Silikontitten und Latexmuschi, geschminkt, mit lackierten Finger- und Fußnägeln, mit Herzchen-Kropfband und in Pumps und blies diesen … und er meinte schon die ersten, salzigen Tropfen auf seiner Zunge zu schmecken.

Plötzlich wollte er da heraus. Panisch versuchte er, den Mund frei zu bekommen. Doch als der Typ das merkte, wurden sein Griff und die Bewegungen härter. Alex wurde es sofort klar, dass es für ihn keine Chance gab, da herauszukommen. Ja, der Hüne drückte seinen Kopf sogar so weit herunter, dass er einen Brechreiz spürte und würgen musste. Der Typ ließ etwas locker, machte dann aber unbeirrt weiter.

Währenddessen wollte der andere, der noch immer nicht gekommen war, Maries Inaktivität in seinem Hosenstall ebenfalls nicht hinnehmen. Sie spürte, wie er begann, seinen Stab, den sie losgelassen hatte, an ihrem Oberschenkel zu reiben. Sie griff danach – immerhin konnte sie dann lenken, wohin die Sache gehen würde. Sie ‚half' ihm, und fast sofort hörte sie ihn aufstöhnen – sie versuchte die Ladung in eine unverfängliche Richtung zu lenken, doch schon spürte sie es warm an ihrem Bein hinunterrinnen. Offenbar war sein hervorschießendes, heißes Magma fast vollständig dorthin gespritzt und lief nun über ihre Nylonstrümpfe – sie spürte, wie es an ihrem Knöchel ankam, darüber rann und in ihre Schuhe hinein lief.

Aber sie hatte keine Zeit, sich darum zu kümmern. Noch immer drückte die Hand ihren Kopf immer wieder an dem harten Prügel entlang, immer wieder, und immer wieder stieß dieser bis fast an die Rückwand ihres Rachens vor und in ihre Kehle hinein. Immer wieder musste sie würgen, doch jetzt nahm der Kerl keine Rücksicht mehr auf sie.

Stattdessen hatte er damit begonnen, mit seiner anderen Hand Maries ‚Titten' zu bearbeiten. Das machte er gar nicht schlecht – immerhin merkte er nichts. Es schien ihn zu erregen, denn sie spürte, wie sich ihr Mundraum noch mehr füllte. Dann plötzlich hielt der Hüne krampfhaft inne. Nach einem Augenblick zog er seinen Prügel aus ihrem Mund heraus, und da Marie zu überrascht war, um sich aus ihrer gebeugten Haltung aufzurichten, gingen die ersten Spritzer direkt an ihr Kinn, auf ihren Hals und in ihr Dekolletee. Erschrocken richtete sie sich auf – und sorgte auf diese Weise dafür, dass auch ihr Mieder noch eine Ladung abbekam. Schockiert blickte sie den zuckenden Penis an, der noch einmal und noch einmal und noch einmal weißen Saft verspritzte, der nun in ihren Schoß und damit auf ihre Schürze ging, und dabei noch immer zuckte.

Sie sah auf. Die ganze Runde beobachtete gespannt das Geschehen. Eva hatte eine Hand auf ihren Mund gelegt, als sei sie erschrocken und könnte nicht glauben, was sie sah. Zugleich lachten ihre Augen. Auch Beate sah sie an, allerdings eher hochmütig-amüsiert, als beobachtete sie ihre Schülerin bei ihren ersten eigenständigen Gehversuchen. Die Jungs um sie herum schienen dagegen eher neidisch zu sein, schauten interessiert bis fasziniert und schienen nur darauf zu warten, dass das Mädel ‚frei‘ würde, das sich so bereitwillig in ihren Ausschnitt spritzen ließ …

GAU

In ihrer Handtasche fand sie eine Packung Taschentücher. So schnell sie konnte nahm sie eines heraus und wischte sich Kinn, Hals und Dekolletee ab, und auch das Mieder und die Schürze versuchte sie zu reinigen, doch waren die feuchten, dunklen Flecken bereits eingezogen.

Ihre beiden ,Freier' saßen zufrieden und ermattet neben ihr und tranken schweigend aus ihren Maßkrügen. Sie ließ das Taschentuch unter den Tisch fallen, wischte mit einem weiteren noch ein wenig an den Flecken herum und gab es dann auf. Sie versuchte, den salzigen Geschmack von ihrem Gaumen zu entfernen und trank ebenfalls aus ihrer Maß. Beate reichte ihr wortlos eine Zigarette und Marie nahm sie und inhalierte tief. Ihr Kopf glühte, sie hoffte, dass die Schamesröte langsam wieder nachließ, aber eigentlich glaubte sie nicht daran, dass das *jemals* passieren würde.

Sie hätte gehen sollen, darüber war sie sich im Klaren. Einfach aufstehen und gehen. Aber wohin? In diesem Aufzug konnte sie schlecht zu Edith laufen. Und mit öffentlichen Verkehrsmitteln nach Hause fahren … wahrscheinlich stank sie wie eine vielbenutzte Kabine im Sex-Shop. Sie schaute auf ihr Bein hinab; auf ihrem Seidenstrumpf war eindeutig eine feuchte Spur zu sehen, die bis zu ihrem Schuh hinab führte. Zugleich spürte sie, dass selbst ihr Fuß im Schuh noch nicht wieder trocken war. Wie denn auch. Und auch die Flecken auf ihrem Mieder und der Schürze waren für jeden zu sehen und jeder hätte zweifellos sofort gewusst, was geschehen war … dass sie eine Schlampe war, eine … dass sie sich hingegeben, es getrieben hatte …

Plötzlich spürte sie wieder eine Hand auf ihrem Oberschenkel, die langsam in Richtung ihres Schoßes wanderte. Der Hüne an ihrer rechten Seite hatte sich offenbar schon wieder erholt und sich nun von seinem Maßkrug ab- und ihr zugewandt. Er grinste sie an.

„Du sollst doch auch deinen Spaß haben!" Und seine Hand fuhr unter ihren Rock.

Doch Marie griff nach ihr und schob sie entschieden weg. „Ich *hatte* doch meinen Spaß! Oder glaubst du, ich hätte das gemacht, wenn ich es nicht auch *gewollt* hätte?"

Der Typ, der inzwischen offensichtlich ziemlich betrunken war, legte einen Arm um ihre Schulter, wollte sie an sich heranziehen.

„Na, wenn es dir so viel Spaß gemacht hat, dann bist du ja genau die richtige für mich!"

Seine Aussprache war nicht mehr klar, es war eindeutig, dass ihm die Kontrolle über sich selbst entglitt. Marie roch seine ‚Fahne' und versuchte, sich zurückzulehnen.

„Nun übertreib mal nicht. Eine kleine Nummer ist noch kein Eheversprechen."

„Eheversprechen?" Der Typ redete eindeutig zu laut. „Wer spricht denn von Eheversprechen! Ich hatte eher an eine Art Vertrag gedacht." Und er lachte laut auf.

„Vertrag?", mischte sich nun Beate von der anderen Seite des Tischs ein. „An was für einen Vertrag hattest du denn gedacht?"

Der Typ war ganz offensichtlich verwirrt, dass jemand sein Geplapper ernst nahm.

„Na, eben einen Vertrag. Die Kleine bläst mir einen,

wenn ich Lust dazu habe ..."

„Und was bekommt sie dafür?"

„Was sie dafür bekommt? Na, kommt drauf an ..."

„Worauf?"

„Was sie will."

„Sie bekommt, was sie will?"

„Nein, so hab' ich das nicht gemeint."

„Sondern?"

Langsam wurde er gereizt. „Ach, was weiß denn ich. Hauptsache ist doch, dass sie mir einen bläst, wenn *ich* es will."

„Und wenn sie *gar nichts* will?"

Er riss die Augen auf. „*Gar nichts* dafür will? Sie bläst mir einen, immer wenn ich es will, und will *nichts* dafür? Sie würde das einfach so machen?"

Beate strahlte ihn an. „Hast du das denn nicht gemerkt? Für unsere kleine Marie gibt es nichts Größeres! Wenn es nach ihr ginge, würde sie die ganze Zeit überhaupt nichts anderes machen!"

Er sah Marie erstaunt an. „Wirklich?" Es war eindeutig, dass Marie in seinen Augen eher ein rätselhaftes, exotisches Wesen war als eine Frau, die er soeben zu einem Handjob genötigt hatte.

„Also ..." Marie versuchte, auch etwas zu sagen, aber Beate wusste das zu verhindern.

„Es soll solche Mädchen geben, wusstest du das nicht? Sie sehen ganz unschuldig und solide aus, aber hinter dieser Fassade verbirgt sich ihre eigentliche Bestimmung, nämlich die, Schwänze zu lutschen und gestandenen Kerlen einen zu blasen. Marie ist so eine, auch wenn man es ihr nicht sofort ansieht."

„Und sie will gar nichts dafür?"

„Sie hat es doch selbst gesagt: Sie *hat* ihren Spaß,

wenn sie einen ordentlichen Prügel blasen darf."

„Und was ist mit ihren anderen Löchern?", mischte sich nun der Typ zu Maries Linken ein, der hinter seiner Maß gespannt zugehört hatte.

Beate lachte auf. „Das ist typisch Kerl! Natürlich könnt ihr das nicht nachvollziehen, das ist logisch. Aber Marie hat es gern *im Mund*. Es ist der *Geschmack*, verstehst du? Wenn sie könnte, würde sie daraus ein Salatdressing machen und es sich auf ihr Frühstücksbrot schmieren."

„Aber sie wollte gerade nicht, dass ich in ihrem Mund komme!"

„Das ist eben der Irrtum. Sie wollte das schon. Aber wenn du zu weit hinten kommst, dann geht es sofort den Rachen `runter. Für sie ist es damit verloren, denn dort kann sie es nicht schmecken."

Inzwischen hörte die ganze Runde zu. Und es war allen anzusehen, wie der Erregungspegel wieder anstieg und das Kino im Kopf in vollem Gang war. Schließlich waren die meisten von ihnen ja auch noch nicht zum Zuge gekommen.

„Du hättest ihn nur einfach nicht ganz so weit hineinstecken sollen, dann hätte die kleine Marie auch etwas davon gehabt. Oder etwas *mehr*, denn *etwas* hatte sie ja auch davon – und hat es noch", lachte Beate und wies auf die Flecken auf ihrem Mieder. Alle fielen in das Lachen ein.

Einige Hände waren schon wieder unter den Tisch gewandert und es war unschwer zu erkennen, womit sie beschäftigt waren, selbst wenn sie zu weit weg waren, um Marie befingern zu können.

Dieser wurde es immer unbehaglicher zumute. Was redete Beate da! Es war doch ganz klar, wohin das führen würde! Für den Augenblick begrapschte sie ausnahmsweise einmal niemand, aber Beate stellte ihnen ja etwas viel Besseres in Aussicht. Und dieses Angebot würden sie nicht ungenutzt lassen. Dafür waren die leeren Maßkrüge inzwischen zu häufig durch volle ausgetauscht worden.

Marie wollte aufstehen und gehen. Es war genug, sie wollte sich das nicht weiter gefallen lassen.

Und tatsächlich stand sie auf. Aber als sie das eine Bein über die Bank gehoben hatte, standen drei der Typen ebenfalls auf.

Augenblicklich erkannte Marie erkannte, dass sie in ihrer Bewegung ein Signal, geradezu eine Aufforderung gesehen hatten, eine Art ‚Los geht's.' Zu spät begriff sie, dass der Zug, den Beate in Gang gesetzt hatte, bereits im Rollen war und sie ihn nicht würde stoppen können.

Da hörte sie plötzlich Beates Stimme hinter sich sagen: „Da seht ihr's: sie kann es gar nicht erwarten!"

Und im gleichen Moment spürte sie, wie sie am Ellenbogen gepackt und auf eine Lücke in der Zeltplane zu gezerrt wurde.

„Genau", hörte sie nocheinmal Beate, die ihnen vom Tisch aus nachrief: „Geht nach hinten. Aber denkt dran: am liebsten hat sie es in den Mund!"

Marie versuchte, sich loszureißen. Doch nun waren sie zu viert und schoben sie hastig durch die Spalte in der Zeltplane in eine Lücke zwischen den Zelten hinein.

„Ich ...", rief Marie, „das stimmt doch alles gar nicht!"

Sie wurde hinuntergedrückt, so dass sie auf dem Boden kniete und ihr Mund sich in der richtigen Höhe befand. Sie schwankte, drohte das Gleichgewicht zu verlieren und suchte nach Halt. Dabei griff sie instinktiv nach einem Oberschenkel in einer Lederhose, um sich abzustützen und nicht hinzufallen. Der Typ knöpfte gerade hastig seinen Hosenlatz auf und heraus sprang …

Die nun folgende Szene glich der vorherigen. Nur dass der Typ seinen Prügel diesmal nicht ganz bis in ihren Rachen rammte. Mit seinen Händen an ihrem Hinterkopf gab er den Rhythmus vor und ließ selbst dann nicht locker, als Marie versuchte, ihren Kopf zurückzuziehen.

Er kam schnell. Viel schneller, als Marie es erwartet hatte. Erst zuckte er, dann spritzte er. Marie wurde es schlecht und vor lauter Panik und Ekel schluckte sie. Zu spät merkte sie, dass sie es theoretisch auch hätte ausspucken können. Aber nun war es hinunter und der beißende Salzgeschmack steckte in ihrer Kehle.

Und nur Sekunden, nachdem der erste sich zurückgezogen hatte, steckte schon der zweite in ihrem Mund. Marie begann zu weinen, ihr Makeup zerfloss, ihre Frisur wurde zerzaust vom Griff der Männerhände und etwas tropfte in ihr Dekolletee.

Für Nr. 3 und Nr. 4 war keinerlei Widerstandswille mehr übrig. Sie ließ es einfach über sich ergehen. Offenbar hatte sie eine Grenze überschritten. Ihr war alles egal. Sie konnte weder denken noch fühlen. Und als die vier Typen wieder ins Zelt zurückkehrten, ohne sich nach ihr umzusehen, blieb sie einfach auf dem Boden zwischen den Zelten hocken.

Kurz darauf kam Eva zu ihr. Sie hockte sich neben sie und legte ihr einen Arm um die Schulter.

„Okay", flüsterte sie und streichelte Marie über ihren zerzausten Kopf, „ich glaube, das reicht jetzt, meine kleine Marie. Ich denke, wir sollten nach Hause fahren."

Sie half Marie beim Aufstehen und führte sie zwischen den Zelten hindurch vom Gelände hinunter und zum Auto. Sie setzte Marie in den Wagen, ging zurück, um Beate zu holen, und dann fuhren sie gemeinsam nach Hause.

Paul

Den Abend über ließen Eva und Beate Marie in Ruhe. Sie lag in ihrem schmalen ‚Dienstbotenbett' und fühlte sich krank. Sie hatte geduscht, dabei die Schminke abgewaschen und die künstliche Vagina entfernt. Sie hatte an den Brüsten gezerrt, aber der Kleber hatte sich nicht lösen lassen; ähnlich war es ihr mit den künstlichen Fingernägeln ergangen und um die Ohrstecker zu entfernen, fehlte ihr inzwischen die Geduld. Sie hatte ein frisches Höschen angezogen und ein Nachthemd, das Eva ihr gebracht hatte, und hatte sich todmüde ins Bett gelegt, trotz allen Spülens und Gurgelns noch immer mit der Erinnerung an einen salzigen Geschmack in der Kehle. Irgendwann war sie erschöpft eingeschlafen.

Es war noch mitten in der Nacht, als sie erwachte. Ihre Nachttischlampe brannte. Eva saß bei ihr am Bett und schaute sie an. Das schummrige Licht ließ sie aussehen, als sei ihr Gesicht aufgequollen und zerfurcht von Sorgenfalten. Sie schien dunkle Ringe unter den ungeschminkten Augen zu haben.

Eva streichelte Marie über Schulter und Wange und sah sie eindringlich an. Sofort fühlte Marie sich unwohl. Zu oft hatte sie in den vergangenen Tagen Signalen des Mitgefühls oder gar der Zärtlichkeit eine falsche Bedeutung beigemessen, immer war ihnen ein ‚dickes Ende' gefolgt. Sie hatte gelernt, dass Eva immer am längeren Hebel saß und diesen Hebel beinahe skrupellos bediente, selbst wenn die Signale etwas anderes versprochen hatten. Sie hob den Kopf und sah sich im Zimmer nach Beate um. Aber die war offensichtlich nicht da.

Eva sah, als Marie sich ihr wieder zuwandte, in diesem Licht *wirklich* elend aus. Marie war sich nicht sicher, ob das tatsächlich nur das Licht war, oder ob ... es sah fast so aus, als wenn in den vergangenen Stunden, die Marie in ihrer Kammer verschlafen hatte, etwas geschehen wäre, das Evas Selbstsicherheit und ihre für Marie unbekannte und überraschende Skrupellosigkeit erschüttert hatte.

Marie setzte sich vorsichtig auf. „Was ist?", flüsterte sie, als sie bemerkte, dass Eva geweint hatte. Und bei sich dachte sie: ‚Vielleicht hat Beate sie verlassen.' Aber das sagte sie nicht. Stattdessen fragte sie: „Wo ist Beate?", und hoffte, dass die Frage unverfänglich und sachlich klang.

Eva seufzte. Nun war es deutlich zu sehen, dass Marie richtig beobachtet hatte: Es war nicht nur das Licht, das sie so schlecht aussehen ließ. Da war *tatsächlich* etwas, das Eva aus der Bahn geworfen hatte. Und wenn das nur Beate gewesen wäre, dann wäre sie damit sicher nicht zu ihr gekommen, der ‚Zofe', ihrem Dienstmädchen.

Alex fühlte eine leise Hoffnung in sich aufsteigen. Vielleicht gab es jetzt endlich eine zwingende *Notwendigkeit*, dass er wieder in sein altes Leben zurückkehrte, um etwas, das aus dem Lot geraten war, wieder einzurenken.

Erneut seufzte Eva. Sie stand vom Bettrand auf und machte zwei Schritte. In dem kleinen Zimmer stand sie nun bereits vor der Wand. Sie drehte sich um und sah Marie direkt an. Nach ein paar Sekunden, in denen sie einen inneren Kampf durchzumachen schien, lachte sie einmal bitter auf.

„Der GAU", sagte sie und zögerte wiederum. Sie musste sich bemühen, dass ihre Stimme fest blieb, das hörte man ihr an. „Nein", korrigierte sie sich dann: „der *Super*-GAU."

Alex sah sie gespannt an. Fast war er sich sicher, dass für ihn das etwas Positives heißen würde. Andererseits: Wenn es Beate betraf und einen möglichen Streit mit ihr, vielleicht die ‚Trennung' der beiden Freundinnen aus alten, ‚heißeren' Tagen – hätte Eva das wirklich *so* ausgedrückt? Wäre die Formulierung dafür nicht etwas übertrieben? Oder hatte er das Ganze so falsch eingeschätzt?

Als Eva keine Anstalten machte, weiterzusprechen, fragte er: „Was meinst du damit?"

Eva ließ sich wiederum Zeit. Offensichtlich suchte sie nach den richtigen Worten. „Paul", sagte sie schließlich leise und fügte dann noch leiser an: „Ich weiß nicht, was in ihn gefahren ist."

Alex wartete erneut. Paul? Was hatte Paul damit zu tun?

Eva ließ sich noch immer Zeit. Irgendwann fuhr sie fort: „Er hat vorhin angerufen. Seltsamerweise schien er … irgendwie … alles zu wissen."

„Alles?" Alex verstand sie nicht. „Was meinst du mit ‚alles'?"

„Eben einfach alles! Von dir und von uns und … von seinem Geld."

„Moment!" Alex setzte sich im Bett auf und lehnte sich an die Wand. „Was genau weiß er von mir?"

Eva machte eine fahrige Handbewegung, als wenn *das* nicht die entscheidende Frage wäre, und blickte ungeduldig auf Maries Nachthemd. „Na, das!"

Alex erschrak. „Er weiß, dass …"

„Ja," fuhr Eva fort, als er stockte, wiederum mit einer Miene, als wenn das gar nicht so wichtig wäre, „dass du Alex bist. Und seltsamerweise hatte ich den Eindruck, als wenn er das schon länger wüsste. Aber was viel schlimmer ist: Er hat angekündigt, dass er sein Geld aus unserer Bank abzuziehen will."

Alex hatte Mühe, alles zu verstehen und gleichzeitig die Konsequenzen dessen, was er hörte, abzuschätzen. Was bedeutete das für ihn? Und welche der beiden Nachrichten war für ihn die schlimmere? Aber nun ließ Eva ihm keine Zeit zum Nachdenken; sie sprach schon weiter.

„Mehr noch: er droht nicht nur damit, er weiß offensichtlich bereits, dass er das Geld im Augenblick gar nicht wiederbekommen *kann*. Dass alles weg ist! Er hat soetwas gesagt, und dann hat er auch noch gesagt, dass er sich für diesen Fall schon Gedanken gemacht habe."

„Was für Gedanken?"

„Er will so eine Art Ersatz, vielmehr eine Sicherheit. Nenn' es ein Pfand. Er will sein Geld oder, falls er das jetzt nicht bekommen kann, eben dieses Pfand, und es schien ihm interessanterweise gar nichts auszumachen, sich zunächst mit dem Pfand zu begnügen. Jedenfalls hatte ich diesen Eindruck. Das Geld schien ihm im Endeffekt gar nicht so wichtig zu sein, was allerdings bei der Menge, um die es geht, eigentlich gar nicht sein kann."

„Um wieviel geht es denn?" Alex interessierte sich nicht wirklich für die Geschäfte der Bank mit Paul. Ihn ging nur an, dass die Sache nun heraus und damit seine Aufgabe beendet war.

„Das darf ich dir nicht sagen, wie du weißt, aber es

ist eine ganze Menge!"

„Aber wenn er von einem Pfand spricht oder einer Sicherheit, dann muss er doch die Hoffnung haben, dieses Geld wiederzubekommen oder nicht? Sonst macht eine ‚Sicherheit' keinen Sinn."

„Das meine ich ja: Er machte den Eindruck, als ginge es ihm mehr um das Pfand als um das Geld."

Nun wurde Alex doch wieder unruhig. Immerhin stand sie hier, vor *seinem* Bett.

„Was ist das denn für ein Pfand?"

Andererseits: So war das in der Ehe, man *teilte* eben die Sorgen. Dafür war er als Ehemann ja da, dass sie ihm von ihren Sorgen erzählen konnte; seine Aufgabe war es lediglich, zuzuhören.

Alex war fast wieder beruhigt. Es sah ganz so aus, als wenn diese absurde Situation nun ein Ende haben würde und er und Eva zu einem ‚normalen' Leben würden zurückkehren können. Vielleicht würden sie Schulden haben, wahrscheinlich war, dass Eva ganz einfach arbeitslos wurde und sie sich in vielem würden bescheiden müssen. Etwas Besseres konnte er sich im Augenblick gar nicht vorstellen. Schluss mit all dem – er schaute sich in dem kleinen Gästezimmer um, in dem er in den vergangenen Tagen wie ein Dienstmädchen geschlafen hatte, und musste mit einem Lächeln kämpfen, das sich unaufhaltsam auf sein Gesicht zu schleichen versuchte.

Gut, Paul wusste nun, dass er sich hatte zum Affen machen, sich von seiner Frau hatte schikanieren lassen, ohne es fertigzubringen, sich dagegen zu wehren. In seinen Augen würde er von nun an ein Schwächling sein, ein Weichei, zu schwach, um sich selbst gegen soetwas Absurdes durchzusetzen. Aber was hatte er schließlich mit diesem Paul zu tun? Wenn er nicht wollte, würde er ihm nie wieder begegnen müssen. Die Hauptsache war doch, dass er wieder in sein altes Leben zurückkehren konnte. Vielleicht würden sie ja sogar die Vorzüge des einfachen Lebens entdecken, wenn sie Schulden hätten und sich würden bescheiden müssen. Alles hatte sein Gutes, wenn man es nur zu entdecken wusste.

„Er will *dich*!"

Alex verstand nicht. „Bitte?"

„Er will *dich*!"

Noch immer glaubte Alex, nicht richtig gehört zu haben. Er sah Eva konsterniert an.

„Er will – *was*?"

Eva sah ihn bekümmert an. Dann sagte sie es zum dritten Mal, noch leiser: „Er will dich!"

Alex schossen die unterschiedlichsten Gedanken durch den Kopf, die alle keinen Sinn ergaben. Aber was hatte in den vergangenen Tagen schon einen Sinn ergeben? Alles war möglich.

„*Mich*? Was soll das heißen? Ich meine, hast du nicht eben gesagt, dass er Bescheid wüsste über mich?"

„Ja," Eva verschränkte die Arme vor der Brust und nickte, „er weiß Bescheid über dich, und er will dich trotzdem – oder vielleicht auch gerade deswegen. Denn er will dich *als Marie*."

Alex kam sich begriffsstutzig vor. Er verstand es einfach nicht. „Als Marie?"

Eva nickte wieder langsam mit dem Kopf und beobachtete ihn dabei, wie er Ordnung in seine Gedanken zu bringen versuchte.

„Soll ich … sozusagen … das Geld, die Schulden, abarbeiten?"

Wieder nickte Eva. „So ungefähr."

„Aber ich werde Jahrzehnte brauchen, um solche Summen abzubezahlen, selbst wenn ich als Assistentin hoffnungslos überbezahlt bin! Das ist doch vollkommen unmöglich!"

„Ich fürchte, mit ‚Assistentin' ist nun etwas anderes gemeint."

Alex sah sie verständnislos an.

„Und es geht wohl auch nicht nur um ein Arbeitsverhältnis. Er will dich sozusagen *ganz*."

Alex fühlte sich, als wenn die Leitungen zu seinem Verstand nun endgültig gekappt worden wären.

„Will er mich heiraten? Oder soll ich als Dienstmädchen bei ihm und Edith arbeiten und dafür bei ihnen einziehen?"

„Das weiß ich auch nicht so genau. Aber er hat ganz deutlich gemacht, dass du umziehen müsstest, offenbar sogar … für länger … und außerdem … sehr weit weg."

Eva setzte sich wieder auf die Bettkante und saß dann da wie versteinert. Sie sah ihn nicht an. Alex fühlte sich, als wenn der Boden unter ihm nachgeben würde und er in den freien Raum fiele.

„Er hat das ganz klar gesagt," sagte Eva mit Nachdruck, „Missverständnisse sind ausgeschlossen. Er will sein Geld bis in drei Monaten vollständig ausbezahlt haben. Und als Sicherheit will er, dass ich dich an ihn übergebe, und zwar morgen schon. Er will dich irgendwohin mitnehmen oder hinbringen. Was du dort tun sollst, hat er nicht gesagt, aber die Art der Arbeit, die du dort verrichten sollst, hat offenbar damit zu tun, was er von dir weiß." Wieder wies sie mit dieser unbestimmten Geste auf Marie. „Wenn alles zu seiner Zufriedenheit verläuft, sagte er, würde er dann möglicherweise sogar darüber nachdenken, ob er seine Einlagen doch in unserer Bank liegenlässt. Und dabei scheint er genau zu wissen, was es für uns, also die Bank, bedeutet, wenn wir ihm sein Geld ausbezahlen sollen. Woher auch immer er das weiß!"

„Er will mich, vielmehr: Marie, also sozusagen kaufen?"

„Vielleicht ist es auch als eine Art ‚Ausleihen' gedacht. Schließlich geht es erst einmal nur um drei Monate."

„*Nur um drei Monate???*" Alex traute seinen Ohren nicht, wie leichthin Eva das sagte. „Ich soll noch drei Monate das hier weitermachen? Und dabei scheint er mich nicht als Sekretärin oder Assistentin beschäftigen zu wollen?" Alex machte eine Pause. „Wissen wir eigentlich, womit er sein vieles Geld verdient hat – viel mehr, als ein junger Anwalt mit einer so kleinen Kanzlei sich schon erarbeitet haben könnte?"

Nun schüttelte Eva den Kopf.

Alex nickte. „Das wissen wir nicht. Aha. Drei Monate und wir wissen nicht, was ‚Marie' eigentlich tun soll dort, wohin er sie bringen will, ‚sehr weit weg', wie du dich ausgedrückt hast. Aber langsam bekommen wir eine Ahnung, oder nicht? Ich meine: wozu verwendet man denn einen Transvestiten, der wie eine attraktive Frau aussieht? Nur: ist das denkbar? Dieser nette, adrette, gepflegte, stilvolle Mann mit der nicht weniger attraktiven und kultivierten Frau an seiner Seite? Ist es vorstellbar, dass gerade er etwas … Anrüchiges tut?"

„Es muss ja nicht notwendigerweise etwas Anrüchiges sein. Das ist tatsächlich nicht wirklich vorstellbar."

Alex sah sie aufmerksam an. „Ist es nicht? Wir kennen die beiden doch eigentlich gar nicht."

„Nein, aber … er hat eine Bemerkung gemacht, als wenn, wenn du erst einmal da bist, eigentlich Edith deine Chefin wäre. Wenn ich ihn richtig verstanden habe, scheint sie sich um all das zu kümmern, was mit diesem ‚sehr weit weg' zu tun hat. Und irgendwie hatte ich sogar den Eindruck, dass die Initiative eher von Edith ausgegangen wäre als von ihm."

„Von Edith?"

„Ja, er deutete soetwas an. Als handelte er gewissermaßen in ihrem Auftrag. Als wenn es eigentlich Edith gewesen sei, die auf diese Idee gekommen ist. Und" – nun sah sie Alex aufmerksam und wirklich erstaunt an – „er hat sogar angedeutet, dass ihr euch darüber bereits unterhalten hättet!"

„Das hat er gesagt?" Alex konnte sich keinen Reim darauf machen. „Da muss jemand etwas gründlich missverstanden haben."

„Egal", stellte Eva in einem Ton fest, der deutlich machte, dass genug geredet sei, „jedenfalls wirst du morgen früh um 8 Uhr bei Edith und Paul erwartet. Im Kleinen Schwarzen und mit gepacktem Koffer – allerdings nur mit dem Nötigsten. Alles andere bekämest du dort, sagte Paul."

Inhalt

Von Catherine May sind in der Reihe „Crossdresser-Erzählungen" bisher erschienen:

„Neun Tage Frau – Teil 1"
(Crossdresser-Erzählungen – Band 1)
197 Seiten
ISBN: 978-3-7392-2829-9

„Neun Tage Frau – Teil 2"
(Crossdresser-Erzählungen – Band 2)
190 Seiten
ISBN: 978-3-7392-2999-7

„Im Kleinen Schwarzen. Erotische Erzählung"
(Crossdresser-Erzählungen – Band 3)
64 Seiten
ISBN: 978-3-7412-7242-4

**„Im Kleinen Schwarzen – Teil 2.
Erotische Erzählung"**
(Crossdresser-Erzählungen – Band 4)
80 Seiten
ISBN: 978-3-7431-2847-7

**„Im Kleinen Schwarzen – Teil 3.
Erotische Erzählung"**
(Crossdresser-Erzählungen – Band 5)
88 Seiten
ISBN: 978-3-7431-9482-3

„Im Kleinen Schwarzen – Teil 4.
Erotische Erzählung"
(Crossdresser-Erzählungen – Band 6)
84 Seiten
ISBN: 978-3-7448-5187-9

Die Erzählung „Im Kleinen Schwarzen" wird fortgesetzt

In Kürze wird erscheinen:

„Ein Sommertagtraum"
(Crossdresser-Erzählungen)
Teil 1, ca. 170 Seiten

„Wiederum brach ein neuer Tag an. Als Peter erwachte, sah er als erstes seine lackierten Fingernägel. Sie waren rosarot und in eine Form gefeilt, die er zuvor an seinen Nägeln noch nie gesehen hatte. Er erkannte seine eigenen Hände kaum wieder. Ähnlich erging es ihm mit seinen Füßen, auch sie sahen vollkommen verändert aus. *Mehr Mädchen* schien nicht mehr zu gehen ..."

Bei der Erzählung handelt es sich um den Tagtraum eines Jugendlichen im Zuge der Entdeckung seiner seltsamen Vorliebe für die Kleidung des anderen Geschlechts. Ein bewusst perfekter Traum, in dem die verstörende Vorliebe nicht auf Ablehnung, sondern auf die echte Liebe trifft.

Verlag und Autorin freuen sich über Rückmeldungen
auf www.bod.de/buchshop oder www.amazon.de.